真の仲間じゃないと勇者のパーティーを追い出されたので、辺境でスローライフすることにしました14

Banished from the brave man's group, I decided to lead a slow life in the back country.14

ざっぽん

illust.やすも

CONTENTS

Illustration：やすも
Design Work：仲童舎

真の仲間じゃないと勇者のパーティーを追い出されたので、辺境でスローライフすることにしました14

ざっぽん

角川スニーカー文庫

24127

Illustration：やすも
Design Work：伸童舎

レッド
(ギデオン・ラグナソン)

勇者のパーティーを追い出されたので、辺境でスローライフすることに。第2の人生も1つのゴールへと辿り着こうとしている。

リット
(リーズレット・オブ・ロガーヴィア)

愛する人との関係も1つのゴールを迎えようとしていて、幸せ一杯なツン期の終わった元ツンデレ。

ルーティ・ラグナソン

薬草農園を営む元勇者。奪われていた人間性をすっかり取り戻し、ゾルタンに住むたくさんの人々に慕われている。

ティセ・ガーランド

『アサシン』の加護を持つ少女。暗殺者ギルドの精鋭暗殺者だが今は休業してルーティと薬草農園を開業中。

ヤランドララ

植物を操る『木の歌い手』のハイエルフ。好奇心旺盛で、彼女の長い人生は数え切れない冒険で彩られている。

うげうげさん

ティセの相棒の蜘蛛。結婚という概念はあまり理解していないが、幸せなのは伝わっているので自分のことのように喜んでいる。

タラクスン

世界を侵略してきた加護を持たない魔王。魔王軍が壊滅し、魔王としての計画が破綻してしまい、ついにアスラの勇者としてアヴァロン大陸へ向かう。

ビュウイ・オブ・マウデスター
(シサンダン)

かつてレッド達を追い詰めながら敗北したアスラの将軍。タラクスンの忠実な側近として再びアヴァロン大陸へ渡ってきた。

CHARACTER

プロローグ 手紙

親愛なるレッドとリーズレットへ。


私は今、ビアスの港町にいるの。

この町には伝書鳩を使った郵便があって、この手紙も鳩が運んでくれたものよ。

盗賊ギルドの権力が強く危険な町だけど、伝書鳩の飼育技術はとても優れている。

悪徳の町だからこそ安全で速い郵便手段が発達しているのは興味深いわ。


本題、親愛なる2人には一足先に伝えたくてこうして手紙を書いています。

私はこれから船でゾルタンへ帰ります。

多分、手紙が届いてから6日後にゾルタンへ船が到着するでしょう。

私がこの旅で見聞きしたこと……あなた達とルーティに伝えたいことはたくさんあります。

でもそんなことより重要なのは、何と言ってもレッドとリットの結婚式！

私が帰ってきたら結婚に向けて動き出すと言ったこと忘れてないわよね？

お土産も楽しみにしててね。

話したいことは尽きないけれど、鳩の負担にならないようにここで筆を置くことにするわね。

みんなに会える日を楽しみにしているわ。

あなた達の親友ヤランドララより。

第一章　近づくその日

ヤランドララからの手紙が届いたのは、冷たい風の吹く日だった。

ゾルタンは冬の真っ只中。

葉が落ちて裸になった木々が寒そうに枝を震わせていた。

「もうすぐヤランドララが帰ってくるんだ！」

読み終わった手紙をテーブルに置きながら、リットは嬉しそうに言った。

ハイエルフの『木の歌い手』ヤランドララ。

かつて勇者のパーティーだった1人で俺達の親友だ。

少し前は人類最高峰の英雄である仲間達が、みんなこの辺境ゾルタンにいたと思うと不思議な感じがするな。

でも、今はみんな遠いところにいる。

「みんな、今どうしてるんだろうな」

「ダナンやエスタ達？」

「ああ」

彼女達は魔王軍と戦っていたはずだが、その戦争も終わった。

もしかするとまた会える日が来るのかもしれない。

「結婚式に呼べたら良いんだけどね」

「……そうだな、でも連絡を取る手段がないからなぁ」

ここは辺境ゾルタン、伝書鳩も一方通行。

ゾルタンから外国に手紙を届けるには、たまに来る交易船に頼むしか無い。

隣の国くらいなら良いが、大陸のどこかにいるエスタ達に届くかどうかはかなり分の悪い賭けだ。

勝率は、ゴブリンに貴族の社交界で着るためのおしゃれな服を作ってくれ、と頼むくらいの賭けだと思う、つまりは無理。

……結婚式か。

ヤランドララは俺とリットの結婚式を見守りたいと言ってくれた。

だからヤランドララが旅立つ時、結婚式はヤランドララが帰ってきてから行うと、そう約束したのだ。

「ついにか……」

俺は思わずそう呟いた。

そこには期待と喜びと幸せ、そしてちょっとだけの不安。

「……うん」

リットは顔を真っ赤にして首の赤いバンダナで口を覆い隠している。

俺の顔も赤くなっているのだろう。

お互い照れているのが分かると、今度は2人ともつい笑ってしまう。

「こういう関係も、もうすぐ終わりなのかな」

ひとしきり笑った後で、リットがそう言った。

「どうだろうな、俺は結婚したことないから分からないよ」

「私も結婚するの初めてだからどうなるか知らないの」

騎士として冒険者として、俺達は誰も見たことのないような光景をたくさん見てきた。

なのに、結婚というありふれた光景については何も知らないのだ。

それが、期待と喜びと幸せ、そしてちょっとだけの不安。

今はどんな冒険よりも、結婚後の未来にワクワクしている。

「明日はお店を休みにして、結婚式の準備を始めようか」

「本当⁉　すっごく楽しみ！」

リットは身を乗り出して言った。

「ずっと待っていたから……レッドと一緒なら今日が来ることは分かっていたけどやっぱ

り嬉しい！」

「再会して1年半近くか……それで結婚は遅いのか早いのか」

「私とレッドは他にいないんだから、比較する意味は無いでしょ？」

「それもそうだな！」

俺達の幸せは俺達だけのもの。

今結婚するのが最高のタイミングだと言い切れる。

「結婚式の話は明日にするとして……この手紙のもう一つの意味も考えないとな」

「そうだね」

ヤランドララが故郷であるキラミン王国への旅に出たのは、『魔王』の加護の正体について調べるため。

そして、ルーティに宿った『シン』と『魔王』の関係を調べるというのが目的だ。

この手紙の冒頭に書かれているのは〝親愛なるレッドとリーズレットへ〟という文。

ルーティの名前は並記されていない。

これはヤランドララが調べたことをルーティへ伝える前に、俺とリットに相談したいという意味だろう。

「ヤランドララは一体何を知ったんだ」

「良い知らせならルーティにもすぐ知らせればいいから……」

「そうだな、やはり『魔王』と『シン』には明確な関係があったと見るべきだ」

ヤランドララは必要な時に自分で決断できる人だ。

大抵の問題なら、旅の間にルーティに伝えるかどうか自分で決める。

そのヤランドララが俺とリットに相談してから判断したいということは、ルーティが『シン』について知ることが悪い結果になる可能性があるということだろう。

「ルーティを『勇者』から解放してくれた、ルーティの意思から生まれた加護『シン』……そんなに悪いものだと思いたくはない……が」

「私も同じ気持ち……でも『シン』の正体が何であれ、ルーティは『勇者』に負けないくらい強い子だから、きっと大丈夫」

リットがそう言って俺の手に自分の手を重ねた。

「そうだな、それにリットや俺達もいる」

すべてはヤランドララの話を聞いてからだが……それでも、ルーティの幸せを曇らせることなんて誰にもできない。

だって、ルーティの幸せを願う人がこのゾルタンにはたくさんいるのだから……。

＊　　＊　　＊

翌日。

大変な事実が明らかになった。

「この手紙がゾルタンに届いたのは4日前だって!?」

狭い郵便ギルドの中で、俺は大きな声を出してしまった。

「いやぁすまんすまん、伝書鳩用の鳩部屋なんて滅多に使わないから慌ててしまってな」

ゾルタン郵便ギルド副長であるユージンさんは白髪頭を掻きながら謝っていた。

郵便ギルドは冒険者ギルドのような国境を越えて繋がりのある巨大ギルドではなく、町ごとに設立される小さなギルドだ。

他の町の郵便ギルドとの繋がりは運んできた行商人や交易船を介しての手紙の受け渡しだけ。

業務の大半は町の中での手紙のやりとりであり、町の外への手紙は交易船に手紙を預けて終わりという形になっている。

そんな状況で、通信手段として伝書鳩は高速で高価なものだ。

ゾルタンは辺境であり、ここに伝書鳩がやってくることは滅多にない。

そのため怠け者のゾルタン人は、伝書鳩が羽を休める鳩小屋の手入れを怠っていた。

突然やってきた伝書鳩に慌てて鳩小屋の清掃をし、餌を買いに行ったりしていたそうで
……その慌ただしさで鳩の足首から外され箱に置かれた肝心のヤランドラからの手紙の

ことを、すっかり忘れてしまったのだという。

「それにスタッフに風邪が流行(はや)っていてなぁ、普段やらない業務もやらなくちゃいけなくて気が回らなかったんだ」

ユージンさんはそう言い訳していた。

実際、郵便ギルドの中で働くスタッフの数がいつもより少ない。

「まぁ……そういうことなら仕方がないか。風邪薬ならうちで買ってくれよ」

「風邪のやつに伝えておくよ」

ゾルタンはこういうところだ。

俺だって突然店を休みにすることがあったのに、お客さんは気にせず通ってくれている。

お互い様だと笑ってしまうくらいでいい。

俺もそういう考え方ができるようになった。

それにしても……手紙が届いたのが4日前ということは、ヤランドララがゾルタンに到着するのはもう2日後か。

帰ってきたことを盛大にお祝いする時間はなさそうだ。

それでも、ささやかなお祝いくらいはしたい。

今日やるべきことリストにホームパーティーの準備も加わった。

「風邪が流行っているならお店をいつまでも休みにできないよね」

後ろにいたリットが言った。

その通りだ。

臨時休業は今日だけにしておきたい。

だが郵便ギルドに来た理由は手紙のことではない。

「ヤランドララやお店のこともあるけど、俺達の本題にも入らないとな」

「何だ？」

手紙の遅配について聞いたのは偶然で、郵便ギルドに来たのには別の目的がある。

「まだ先の話になるんだが、招待状を送る場合について教えて欲しいんだ」

「招待状かい？」

「ああ、一度に色んな人に送ることになるし、参加してくれるかの返事も必要だから相談しておきたいんだ」

「ずいぶんしっかりとした招待状だな、大きなイベントでもやるのか？」

「まぁそんなところだ」

俺は答えをはぐらかして笑った。

隠すことでもないかもしれないが、郵便ギルドは町中を回る仕事だ。

ここで情報が漏れるということは、町中に情報が漏れるということ。

ゾルタン人は本人が隠したい過去については何十年でも隠してくれるが、結婚式のような嬉しい秘密は口が羽より軽くなる。

ゾルタンに馴染(なじ)んだ俺にはゾルタン人の考え方などお見通しだ。

だが、考えていても現実は上手(うま)くいかないことばかりのようで……。

「もしかして、ついにリットさんと結婚するんですか！」

机で事務をしていた女性が突然立ち上がりそう叫んだ。

「ミナ！」

リットが受付のカウンターに肘を置き身を乗り出すようにして女性へ話しかけた。

知り合いのようだ。

「リットさんがちゃんとした招待状を送るとしたら、それはもう結婚式しかないですよね！」

「それはどうかしらねぇ」

「えー、絶対そうでしょ！」

2人で盛り上がっているのを見て、副ギルド長のユージンさんは苦笑していた。

「リットさんが冒険者をやっていた頃に依頼をださせてもらっていてね、その時うちのミナが何度か同行したことがあるんだ」

「それで仲が良いのか」

あの様子じゃ、結婚式だと信じ込んでいるな……その予想が当たっているので否定もし辛い。

困っている俺の肩をユージンさんがポンと叩いた。

「ドンマイ、おめでとう！」

「はは……」

俺は、またはぐらかすように笑うしかなかったのだった。

＊　＊　＊

魔王軍との戦争が終わり、戦場で戦っていた兵士達は故郷へと帰っていった。

ゾルタンはアヴァロニア王国への戦費提供のみで、魔王軍との前線への派兵はしていなかった。

ゾルタンは辺境で前線まで距離もあるし、小国であるゾルタンが軍を送ったところで戦況に大きな影響は与えなかっただろうから、諸国から文句を言われることもなかったのだ。

それでも世界の危機に戦いたいという戦士はいるもので、義勇兵としてゾルタンから旅立っていった者もいた。

彼らもゾルタンへ帰ってきたが、その中には俺やルーティと一緒に戦場で戦った者もいる。

そしてついにこの間の収穫祭の前に、勇者ルーティと騎士ギデオンが俺達兄妹のことだとバレてしまったのだった。

「薬草ちくわパンー、薬草ちくわパンはいらんかねー」

その勇者ルーティが、台車を引きながら変なことを言っている。

さらには掛け声の合間に小さなラッパをプオプオと吹いてアピールしていた。

「や、薬草ちくわパン？」

「あ、お兄ちゃん！」

俺の姿を見たルーティは嬉しそうに笑う。

ガラガラと台車を引きながら近くまで来てくれた。

「おはよう、ここでお兄ちゃんとリットに会うなんて今日は良い日」

「おはようルーティ、その様子はどうしたんだ？」

ルーティの引っ張っている台車には緑色のちくわが入ったパンが積まれている。

「薬草農園の新商品、ティセのちくわパンとのコラボ商品」

ルーティは自信満々という様子で胸を張っている。

「ほぉ、1つ買ってもいいかな」

「私も食べてみたい！」

「うん、たくさんある！」

1個コモン銅貨5枚。

庶民的な値段だ。

「はい、どうぞ」

ルーティから渡されたパンを手に取る。

パリッと焼いた白パンの中に、でろーんとしたちくわが入っている。

以前ティセが開発したちくわパンだ。

だが、このちくわは見るからに普通ではない。

「緑色ね」

リットが言った。

パンの横から出たちくわは綺麗な緑色。

魚のすり身に薬草を混ぜているのだろう。

収穫祭の時にティセが試作していた薬草おでんの改良品か。

早速、食べてみる……おお。

「美味しいな！」

「うん、普通のちくわよりほんのり苦いけど爽やかな苦みで、パンの素朴な甘みと良く合うわ！」

俺もリットも意外に思うほど美味しい。

俺達は完成度の高い薬草ちくわパンに驚いていた。

薬草おでんの時は、新鮮で面白い味だが定番になるようなタイプの美味しさではないと思ったのだが、これは毎朝食べても飽きない美味しさだ。

俺達の様子を見て、ルーティは嬉しそうに笑った。

「好評」

「ああ、これは文句なしに多くの人に愛される味だよ」

ティセとルーティは、このパンを作るために何度も試行錯誤したのだろう。

俺はルーティの頭を撫でた。ルーティは頬を赤くして喜んでいる。

「でも、どうしてルーティが町を回って薬草ちくわパンを売っているんだ？」

「私とティセの薬草農園にお店はない……道具を置いている小屋の隣に棚を作って薬草卵や、ハーブティーを売っている。お客さんは増えたけど、まだ知る人ぞ知る隠れたお店みたいな評価」

「なるほど、収穫祭の屋台で薬草農園のことを知った人も多いと思うけど、立地も北区の畑の中で買い物ついでに寄れる場所でもないからな」

「近くの畑で働いている農家の人達も、大体はお弁当を自分で用意する人達よね」

「そこでティセと一緒に考えたのが薬草ちくわパン作戦」

ルーティはキリリとした顔でそう言った。

「今やゾルタン闘技場の名物であるティセ考案のちくわパン。それをアレンジして、この薬草ちくわパンを作った。馴染みのあるパンのアレンジなら、みんな試してみてくれる」

「おお！」

「そして私がこうして薬草ちくわパンを売って回れば、みんなまた食べたくなる。そして作戦は最終段階。各地区のパン屋さんに薬草ちくわパンを売り込む。すでに需要は確保しているから、パン屋さんは今後も薬草ちくわパンを作りたくなる」

「なるほど」

「薬草農園まで歩かなくても、いつも利用しているパン屋さんで食べられるようになる。パン屋さんを通して、すべての住民が薬草農園のお客さんになってくれる」

ルーティはとっておきの秘密を話したような表情でニヤリと笑っている。

しかし、すごいな。

「良い作戦だよ、これなら上手くいくと思う」

「お兄ちゃんがそう言ってくれて、もっと安心した」

喜ぶルーティを見ながら、俺は妹の成長に嬉しさとちょっぴり寂しさを感じた。

これまで商売の先輩として振る舞っていたが、ルーティ達は商売人としても大きく成長した。

1年前に薬草農園を始めた頃はいろんな相談をされたものだが、今では嬉しい報告ばかりで相談されることもすっかりなくなった。

ルーティとティセの薬草農園の評判も上々。商人ギルドでも、ゾルタン最強の冒険者ルーティではなく薬草農園のルーティとして一目置かれるようになっていた。

もう俺からアドバイスすることはなさそうだなぁ。

「お兄ちゃん？」

「本当に美味しいパンだなと思ってさ、これならゾルタン中の人が欲しがるはずさ」

「うん！」

ルーティは嬉しそうに笑う。

誰が見ても分かる笑顔。

ルーティがゾルタンで暮らすようになって約1年が経ち、その表情の変化は誰が見ても分かるようになった。

ティセと微表情コンビだったのも、最近は普通のルーティと微表情のティセになっている。

笑うと目を細め、怒る時はムッと口を曲げる。悲しい時は少しうつむき唇を震わせる。

ルーティの気持ちは、もう俺がいなくてもみんなに伝わっているのだ。

ゾルタンでのスローライフは、『勇者』に奪われていたルーティの人間性を取り戻してくれた。

やっぱり、それはとても嬉しいことだ。

「お兄ちゃん達はどうしたの？　今日はお店はお休み？」

「ああ、実はヤランドララが明後日に帰ってくるそうなんだ」

「ヤランドララが帰ってくるんだ！」

ルーティは少し大きな声でそう言った。

「ああ、帰ってきたら葉牡丹とかも誘って小さなパーティーを開こうと思っている。ルーティも来てくれるか？」

「もちろん行く！　ティセも一緒でいいよね？」

「当然、ティセも来てくれたら嬉しいよ」

「うん！」

元気なルーティの声に、離れたところに座っていたお爺さんが微笑んでいる。

お爺さんはのんびりと立ち上がり、ルーティの方へと歩いてきた。

「ルーティさん楽しそうだね、一体何を売ってるんだい？」

「薬草ちくわパン、美味しいよ」

「ほぉ、１つ貰っても良いかい？」

たまに話す間柄なのだろう。

俺の知らないルーティの知り合いも、気がつけばたくさんいる。

お爺さんは薬草ちくわパンを5つ買っていった。

家族にも振る舞うのだそうだ。

ルーティの世界はとても広くなった。

＊　＊　＊

「ルーティとレッドの正体がバレたのに、本当に何も変わらないんだね」

ルーティと別れ、教会へ向かう通りを歩いていた時にリットがそう言った。

「そうだな、ゾルタンは良い町だ」

『勇者』が戦いを止め、辺境の町でラッパを吹きながらパンを売っているなんて、どんな勇者の伝説にも書かれていなかった光景だ。

ゾルタンの人々はルーティに『勇者』であることを求めない。

ゾルタンは中央から遠く離れた辺境で、野心ある者なら誰も寄り付かない国。

夏の間は嵐の通り道となり、苦労して作った畑や建物が嵐の気まぐれで壊されてしまう。

ゾルタン人は頑張ってもどうにもならないことがあると知っている。

そして、価値のない土地と見捨てられた辺境には、どうにもならなかった時に都合よく助けてくれる誰かなんていないことも知っている。

必要以上に頑張らない、だが諦めない。

諦めないのは自分自身の問題だ。

ゾルタン人は他人にすべてを任せてしまったりはしない。

「レオノール王妃が攻めてきた時も、ゾルタンはミストームさんを守るために自分達で戦おうとしたたな」

「うん、あれで私はますますこの国が好きになった」

「俺もだよ」

そんなゾルタン人だからこそ、サリウス王子とリリンララ将軍……今はヴェロニア王とリリンララ王太后だ……あの2人が救われる結末となったのだと思う。

「ルーティも、ゾルタンならただのルーティとして幸せに暮らせる」

「レッドもね」

リットはそう言って俺の腕に自分の腕を絡めてきた。

俺達は寄り添って通りを進んでいく。

目指すは……教会！

＊　　＊　　＊

結婚式は聖職者が立ち会うのが普通だ。

だから教会を借りて執り行うことが多い。

式に立ち会う聖職者を通して、デミス神の三使徒である希望の守護者ラエル、殉教の守護者ヴィクティ、そして愛の守護者キューティに結ばれることを報告し、これからの幸福を守ってもらえるよう願うのだ。

なお結婚式ではデミス神に直接祈ることはない。

ちょっと不思議だが、結婚という加護に関係のない事柄は神ではなく使徒の担当ということなのだそうだ。

「三使徒か……」

俺達は『勇者』の加護を巡る戦いで、デミス神と対峙したこともある。

もう1人の『勇者』ヴァンの加護を『勇者』に変えたのもデミス神であり、古代人を滅ぼしたのもデミス神だ。

初代勇者は、デミス神と対話したこともある様子だった。

だが三使徒は？

俺はそれなりに世界の秘密に近づいた気がするのだが、三使徒の存在を感じたことは無かった。

デミス神よりも身近な祈りを受け取るのが三使徒の役割だというのに、不思議なものだ。

「レッド？」

「ああ、少し考え事を……敬虔なデミス教徒とはいえない俺が教会で結婚式を挙げて良いものかなって」

「ふふ、私達の冒険のことを教会の偉い人に話しちゃったら大変なことになるわね」

リットは思い出を懐かしむように微笑んだ。

「神様に祈るのに本当は教会なんて必要ない、でも私達は美しい場所でないと美しいモノを感じない」

「前にルーティが言っていたっけ」

「うん、教会の美しさは人間のためのものだから……私達が結婚式を挙げる時に教会を借りることくらい、きっとデミス神は気にしないよ。結婚は加護に関係のないことなんだし」

「それもそうかな」

「それに、寄付もしっかりするんだから教会にとっても良いことだよ！」

リットはそう言った。

これまでルーティを幸せにして欲しいという俺の願いを、デミス神は聞き届けてはくれなかった。

だったら〝リットと2人で幸せになる〟という自分で叶える願いを祈っても構いはしないはずだ。

聞き届けなくて良い、ただ祈らせてくれ。

そんなことを考えていたら、目的地の教会にたどり着いたようだ。

「来る前も言ったけど、中央区の聖堂じゃなくて良かったのか？」

「ううんここが良い……この雰囲気、私結構好きなの」

リットが言った。

俺達の住む下町にある教会。

こぢんまりとした木造の建物。

そして小さくとも時刻を知らせる鐘塔はしっかりあり、併設された共同墓地、病気の人や家のない人など救いが必要な人を収容する小屋が隣に建てられ渡り廊下で本堂と繋がっている。

教会を囲む石の柵は嵐で壊れることなく昔からあるのだろう、すっかり苔むしていた。

つまりは町の暮らしに寄り添った小教会らしい小教会だ。

「ロガーヴィアにもこういう教会があったなぁ」

「俺の故郷の村にもあったな……村の墓地はここより整備されていない様子だったけど」

「どの町や村にもある普通の教会だからこそ、レッド&リット薬草店のレッドとリットにとって一番の結婚式ができる気がしない？」

リットの言葉に俺もうなずいた。

想像した時、大きな聖堂で結婚式を挙げている姿より、この小さな教会で親しい人達に祝ってもらっている姿の方がしっくりきたのだ。

さすがリットだ、よく分かっている。

教会の中に入ると、この教会を管理しているタリン司祭が掃除をしていた。

この教会は司祭1名、助祭1名。あとは必要に応じて下町の若者をアルバイトで雇って管理している。

助祭はいないようだ。

風邪が流行(はや)っているようだし、休んでいるのかもしれない。

「これはリットさん、レッドさん、こんにちは」

タリンさんは今年で69歳の男性でゾルタン出身。

外国に留学することなくゾルタン教会でずっと修行してきた。

町の周辺の村は頻繁に回ったそうだが、ゾルタンの国境を越えたことは一度もない生粋のゾルタン人だ。

加護は『祈禱師(アデプト)』、加護レベルは6。

戦いから離れた人生を送ってきたことが分かる。

特に実績らしい実績はないが、この教会を管理していた前の司祭が体調不良で引退したことによって年功序列で司祭に出世してここにいる。

「こんにちはタリン司祭、今日は相談したいことがあって来たんだ」

「お2人が私に相談とは珍しいこともあるものですね。しかし私に答えられる相談事であれば良いのですが」

「いや、下町に住んでいる人はみんな、このことをタリン司祭に相談し解決してもらうと思うよ」

「それは……もしかすると？」

「俺達の結婚式をこの教会で挙げたいんだ」

タリン司祭は顔をクシャクシャにして笑った。

タリン司祭は決して優秀な聖職者とは言えない。

だが下町での評判は高く、親しみと尊敬を勝ち取っている。

その理由がこの笑顔だろう。

司祭はシワのある顔をクシャクシャにして笑う……心から笑っているのだとひと目で分かる笑顔だ。

他人の幸せを心から喜んで笑ってくれるその人柄を、下町の人々は慕っているのだ。

＊　　　＊　　　＊

タリン司祭は親身になって相談に乗ってくれた。

良い結婚式にするためには1ヶ月前には教会のスケジュールを確保しておくと良いそうだ。

式典中に飲むワインと簡単な食事も教会が用意してくれる。

結婚式が終わったあとのパーティーも、1ヶ月前なら引き受けてくれる料理人が見つかるだろう。

だが、一番時間がかかるのがドレスの確保。

店にもよるが2ヶ月以上前には話をしておいた方がいいとのこと。

教会を出た俺達が、次に向かう先が決まった。

「でも、その前にお昼ごはん食べない？」

そういえばもうお昼時だな。

ちょうど俺達は、食事のできる店が並ぶ区画にいた。

昼休憩中の住人達で騒がしい。

「どこも混んでるな」

「騒々しいお店も私は好きなんだけどね」

「今日は静かな席で食べたい気分だな」

「うん、私も！」

この辺りにあるお店を思い浮かべる。

そうだ、あそこにしようか。

＊　　　＊　　　＊

〝ブギーマンの洞窟亭〟

軒先に吊るされた看板にそう書かれてある、いつ見ても物騒な名前の店だ。

ブギーマンとは子供を攫う危険なモンスターで、この店はお酒を静かに飲める大人だけが来るようにという意味で名前をつけたらしい。

路地裏の奥にある店の佇まいは古ぼけている印象を受ける。

「元々は〝ゴブリンの穴蔵亭〟って名前のお店だったそうだ。盗賊ギルドから足を洗った男がやっていた治安の悪い店だったそうだが、それを今の店主が買い取ったんだ」

「またすごい名前」

リットは笑っている。

「でも昼はまた違う店でな」

俺は扉の隣に置かれた黒板を指差す。

「まんまる卵のオムレツ亭」

チョークで書かれた店の名前を読み上げる。

「前の2つと違ってずいぶん可愛い名前ね！」

「ああ、昼は今の店主の娘さんが店を出しているんだ」

夜のお店は常連客が多く独特の雰囲気があるが、昼の雰囲気は全然違う。

重いドアを開くと。

「いらっしゃいませ！」

元気の良い声が俺達を出迎える。

内装はもちろん夜に開かれる父親の店と同じだが、カーテンはすべて開かれ明るい日差しが店の中を照らしている。

テーブルには木彫りの可愛らしい動物人形が置かれていて、カウンターには大きなヤギのぬいぐるみがトボけた顔でよそ見をしていた。

「可愛い」

リットがポツリと呟いた。

「ありがと！　リットさんにそう言ってもらえるなんて光栄だなぁ」

カウンターに立つ女性……ソリスは嬉しそうにそう言った。

「むむ、あなたどこかで？」

リットはソリスの顔をじっと見つめて思い出そうとしている。

「……ああ！　冒険者ギルドで見かけたことあるわ！」

「嬉しいな……私みたいな芽の出なかった冒険者のことを憶えてくれているなんて」

ソリスはリットに挨拶するためにカウンターから出てくる。

コツンコツンと義足が床を叩く音がした。

「期待の新人なんておだてられていたんですけど、冒険でミスしちゃって」

「だからギルドで見かけなくなったのね……」

この世界は戦いに満ちている。

デミス神は人間の加護を成長させるためにモンスターを創造し、人間がモンスターと戦うよう理由も設定した。

最も単純な理由が、モンスターに人間を襲う悪意を与えたこと。人間が楽に狩れない危険な相手だと知りながら人間を好んで食べるモンスターは数しれない。

すなわち、モンスターが人間を襲い害する存在であるようにしたのは人間が救いを求める神自身だ。

彼女も冒険者として人間を守るためにモンスターと戦い、敗北した。

「でもレッドさんが助けてくれたおかげで、足1本なくしただけで済みました」

「だけって……」

「私は生き残った。冒険者はもうできないけれど、こうして私の好きな料理をお客さんに振る舞うことができる」

ソリスの笑顔を見て、リットもそれが強がりでなく本心からの言葉だと理解したようだ。

「それじゃあ一番のおすすめ頂こうかな！」

「はい！　もちろんオムレツです！」

俺とリットは奥の席に座った。

丸いテーブルの真ん中に、デフォルメされた羊の人形が置かれている。

丸くて可愛い羊だ。

「ゾルタンに来たばかりの頃だ」

「あの娘を助けた日のこと？」

「ああ、討伐対象を単体のオーガキンだと思っていたのが、実はフォレストジャイアント（森の巨人）の一団だったんだ……冒険者をしていたらよくある話だな」

村を襲ったモンスターを退治して欲しいという依頼で向かったら、実際はまったく別のモンスターの仕業だったというケースは多い。

モンスターの専門家ではない村人の情報からギルドが推測したものなのだから、間違いがあるのは当然だ。

その場合、冒険者は依頼を中断してギルドへ報告に戻ることが推奨されているが……。

「彼女達は怯（おび）える村人を見捨てられなかったんだ」

「……ありがちな判断ミスね」

「そうだな、その結果がパーティーの壊滅。あの場所にフォレストジャイアントが来ることは滅多(めった)にない、不運だった」

「でも最悪ではなかった、レッドがいたから」

「……俺は偶然近くで薬草分布を調べていた。フォレストジャイアントは人間を食べる前に痛めつけ悲鳴を聞くことを好む習性がある……俺は足を潰された彼女の悲鳴で気がついたんだ」

「それもまた、デミス神がやつらを人間と戦わせるために創ったものかな」

「多分な……この世界は戦いに満ちている」

しばらくすると俺達のテーブルにオムレツが置かれた。

焦げ目のない美しい黄色のオムレツ。

だが具材は中に入っておらず、オムレツの下に固められている。

目の前でソリスがオムレツにナイフを入れた。

フワッと半熟の卵が広がり具材を包み込む。

「どうぞ！」

「いただきます！」

リットが目を輝かせながら一口食べた。

「んー、美味しい！」

リットは本当に美味しそうに料理を食べる。

その笑顔は料理を作った人にも幸せを伝えられる笑顔だ。

「あはは、リットさんに気に入ってもらえて嬉しいです！」

そう言って、ソリスも幸せそうに笑っていた。

＊　　＊　　＊

オムレツ、チキンスープ、サラダ、それにデザートのレモンパウンドケーキ。

こだわりのオムレツ以外は定番の味だが、どれも丁寧に料理していることが分かる。

「レッドも人が悪いなぁ、こんな美味しいお店を今まで教えてくれなかったなんて」

「あんまり美味しいお店を紹介すると、俺の料理を食べてくれなくなるかもしれないだろ？」

「むっ！　そんなわけないじゃない！　私はレッドの料理大好きなんだから」

「ありがとう、冗談だよ」

「もう！」

そんなことを言って俺達は笑い合った。

「……それにしても」

俺は最後に残ったケーキの一切れを食べ終わると呟いた。

「どうしたの？」

「今日、結婚式の最初の準備をしてきてさ」

「うん」

「何だかやっと、リットと結婚するって実感してきた」

「えー、婚約指輪とネックレスまで贈ってくれたのに」

俺の顔を見て、リットは面白そうに微笑んだ。

「リットは実感あった？」

「私はあったわ。レッドが琥珀のブレスレットを贈ってくれた日から、いつか絶対レッドと結婚するんだって思ってた」

「そりゃ俺だってリットと一緒になるっていう気持ちはあったけど……」

「ふふ、私は実感がずっとあったよ」

こういうところはリットの方がしっかりしているな。

だからきっと、俺はリットと結婚した後も幸せなのだろうと、なんとなくそう思った。

「この後はドレスの準備か」

「そうだね、ドレスがどれくらいの期間で仕立て上げられるかで結婚式の予定も決まるから重要ね！」

　今日の本命の用事といっていいかもしれない。

「ドレスはレンタルじゃなくていいの？」

「一生に一度の日なんだから、リットのためのドレスを用意したいんだ。そのために貯金してたんだからな」

「そうだったんだ……」

「実はドレスの値段の相場については結構前にもう相談してたりする」

「ええ！　結婚式の話なら私も連れて行ってよ！」

「だって高すぎて妥協しないといけない値段だったら恥ずかしいじゃないか」

　レッド薬草店からレッド&リット薬草店に替わり、経営はとても上手くいっている。

　それに、以前ヤシの実から油を作る技術を商人ギルドに提供した時にかなりの額の収入を得られたこともある。

　今の貯金額ならゾルタンでの職人は大体好きなようにオーダーさせてくれると思う、が……時に布の服がマジックアイテムより高価になるのが服飾の世界だ。

「まったくもう」

　リットは不満そうな表情の後で、仕方ないなぁというように苦笑した。

「結婚したら嬉しいことも恥ずかしいことも、2人のことはちゃんと共有してね」

「ん……」

「最高のドレスも嬉しいけれど、レッドと一緒に準備したり悩んだりするのが一番嬉しいんだから」

「……分かった」

リットはこうして俺の手を引っ張ってくれることがある。

俺にない強さをリットは持っている。

その違いを、俺はとても幸せに思うのだった。

幕間（まくあい）

魔王、魚を釣る

ゾルタンの西の国境に近い森の中にある湖に、川船とは思えないような大きな船が浮かんでいる。

マストは後方に1つ。だが、帆を張るための形をしていない。

それもそのはず、この船は飛空艇。

河川用の船よりは大きいが、小さめの中型帆船くらいの大きさで飛空艇としては小型。

30年ほど前に造船された偵察用の飛空艇だ。

ルーティの使った先代魔王の飛空艇より設計は新しいが性能は大きく劣るもので、固い地面に着陸する機能がない。

ああして、水上に着水しなければ白力で飛び立てなくなるのだ。

飛空艇の技術はドワーフとデーモンが有していて、アスラにとっては未知の技術。

旧魔王軍から鹵獲（ろかく）した飛空艇のうち、比較的構造の単純なものしか扱うことができなかった。

そんなアスラにとっては貴重な飛空艇の甲板から煙が上がっている。

「タラクスン様、甲板で魚を焼くのは止めて下さい」

「ここの魚はとても美味だ、新鮮なうちに食べておきたい」

「甲板は木板なのですから、火が燃え移ったらどうするんです」

「固いことを言うな、火を消す水なら周りにいくらでもあるではないか」

魔王タラクスンとその従者シサンダン。

今はどちらも人間の姿をしている。

シサンダンは昔食ったその男の名を借りて、ビュウイと名乗って魔王に従っている。

その魔王が竹の釣り竿を右手に持ち、左手で串焼きにした魚を食べていた。

「竹というのは便利な植物だな、持って帰って植えるか」

「遠く離れた土地のよく知りもしない植物を持って帰らないで下さい。どのような影響があるか分かりませんよ」

「ふむ、お前が食った人間の記憶に竹についての情報はないのか？」

「植物学者を食ったことはありませんので……一応、非常に繁殖力が高く適切に管理せねば周囲の環境を侵食すると記憶している者はいました」

「ほぉ！　まさかそのような禍々しい植物だったとは！　こいつは植物界の魔王なのかもしれんな。ははは、実に興味深い」

新しい魚を釣り上げながら、タラクスンは笑った。

「アスラクシェートラの魚とは似ても似つかぬな」

「太陽の下で生きる魚ですから」

「ふむ、なぜ神は太陽を創ったのだろうか」

「太陽は地上に住まう者達にとっては欠かせないものです。ならば地上に生きる者達のために創ったと考えるのが妥当では？」

「神は全知全能だぞ？　太陽がなくとも生きていける人間を創った方が簡単ではないか」

ビュウイは肩をすくめた。

神に挑むアスラ達だが、神のことは理解できない部分の方が大きい。

太陽が欠かせない世界と太陽が存在しない世界、どちらが簡単に創れるかなど神ではない身で判断できるわけがない。

神の力は想像もできないほど強大だ。

死んでも転生することで実質無限に蘇（よみがえ）るアスラでなかったら、とうの昔に全滅していただろう。

「余はな、ビュウイ」

「はっ」

「この世界のすべてを、あのデミスが創ったとは到底思えんのだ」

「しかし、この世界がデミス神によって創られたことは間違いないはずですが」

「分かっている……だがこの世界そのものの不合理さは、デミスの思想とは相容れぬ気がするのだよ。神から望まれずに生まれた我らと同じように、この世界のすべては神が望んだものではないと私は思える」

「……難しい話ですね」

ビュウイは理解できない様子で背を向けた。

「酒と酢漬けの野菜も持ってきます」

「おお、焼き魚に合いそうだ、さすが余の腹心」

タラクスンはカラカラと笑う。

目的である神・降魔の聖剣が封印されている古代人の遺跡の場所はビュウイが知っている。

勇者の装備を集め終わるのもあと少しだ。

「しかしルーティとギデオンか……ビュウイによれば真に優れた者達だと言うが、会って話してみたいものだな」

なぜアスラが魔王の力を奪って世界に戦争を仕掛けたのか、その目的は。

もし彼らが知ったらどう答えるか。

アスラではたどり着けぬ別の答えを見出すのかもしれない。

「危険だろうな……しかし興味は尽きぬ」

タラクスンはまた新しい魚を釣り上げると、串に刺して火にかけた。

第二章　ヤランドララの帰還

マダム・オフラーの素敵なお洋服店。

ゾルタンの下町でも高級な位置にあるこの店は、俺よりもリットが贔屓にしている店だ。

「いらっしゃい！」

力強い女性の声がした。

この店の店主オフラー。

長身で筋肉質、気品のある顔に一杯の笑みを浮かべ、入口に立つ俺達の方へと向かってきた。

「あらぁ、リットちゃんにレッドちゃん、よく来てくれたわ」

「こんにちはオフラーさん」

オフラーは少し背を曲げた。

俺に目線を合わせるためだ。

客と同じ目線でなければ、その人に合う服は分からないというのが職人としての信念だそうだ。

「今日はどんな服をご所望かしら」

「…………」

「あら？」

俺がすぐに答えなかったのを見て、オフラーは首を傾げる。

俺らしくない仕草だと思っているのだろう。

だが、こればかりは少し勇気がいるのだ。

「俺とリットの結婚式に着る服を仕立てて欲しいんだ」

「あら、あら、あらあらまぁ!!!」

オフラーは興奮した様子で手を叩いた。

「ついにこの日が来たのね！　嬉しいわ!!」

オフラーは俺とリットの手を取った。

「おめでとう！　２人の晴れ舞台にふさわしい幸せな服を私が仕立てる……あなた達の友達としてこれほどの名誉と幸福はないわ！」

オフラーの目には薄らと涙さえ浮かんでいた。

＊　＊　＊

オフラーはドレスのデザインの候補を、すでにもういくつも考えてくれていた。

俺とリットが結婚すると信じて前々から俺達に合う服を考えてくれていたのだ。

「でもその人に一番合う服というものはどんどん変わっていくの。1ヶ月前のあなた達に一番似合う服も、今のあなた達にとってはベストじゃない」

オフラーはデザイン画を見せながら言った。

「デザインが決まっても結婚式の当日まで調整をし続けなければならない。これからも何度も打ち合わせをすることになるわ」

「そこまでしてくれるのか」

「当然よ！」

オフラーの力強い声が響いた。

「人生で最も幸福な日の1つを、私の服で彩ると言ってくれた。費用も決して安くない。それだけ私の服を信頼してくれているということでしょ。その信頼に応えなきゃ服職人とは言えないわよ。この腕に懸けて最高の服を仕立てて見せるわ」

そう言って、腕まくりすると鍛え上げられた右腕を掲げた。

古傷の残るかつては戦士の腕であり、今は服作りの信念を宿す職人の腕だ。

「……それでね、服のデザインを決めるに当たって話したいことがあるのよ」

「『話したいこと？』」

俺とリットは同時に聞き返した。

「私は奴隷剣闘士だった。生まれ故郷が戦争になって、捕まった私は興行師に奴隷として売られ、苛烈で知られた養成所でモンスターや人を殺して客を喜ばせるにはどうすればいいかを教わった」

「オフラーさん……」

オフラーの言葉に俺とリットは困惑していた。

彼女が交易都市ラークの奴隷剣闘士だったという噂は知っていたが、本人の口から聞いたのは初めてだ。

「そこで戦って戦って、貯めたお金で自由を買い取って、でも今更他の生き方も知らなかったから戦って戦って。そんなある日、私の剣闘士としての服を作っていた職人の子と話すことがあったの。私のファンだって言うその子が、私の姿が美しく見えるようどれだけ心を砕いていたか教えてくれたわ……素敵だった」

「それが、オフラーさんが剣闘士を辞めて洋服店を始めたキッカケだったのね」

リットの言葉にオフラーは曖昧な表情を見せた。

「それからまた色々あるんだけどね、でもキッカケはそう。私が言いたいのはね、あなた達が過去をどう思っているかってことなの」

「過去をどう思っているか？」

「そう！　私の過去は辛い思い出も多いけど、私のこの服はその思い出も込めて作っているのよ、それが一番似合うから」

オフラーはそう言って背筋を伸ばしポーズを取った。

長身で筋肉質のオフラーによく似合うドレス。

彼女のドレスのワンポイントは剣闘士のモチーフである……とリットから教えてもらった。

「ゾルタンでは他人の過去を詮索するのは良くないこと、私もそう思うわ」

オフラーは話を続ける。

「あなた達にとって過去が切り捨ててきたものなら服にも残さない方がいい。でも、過去が思い出となっているのなら、思い出をあなた達の結婚式へ連れて行った方がいいと私は思うのよ」

「思い出か……」

「話せる範囲で良いわ、時系列も脈略もバラバラで構わない。２人が大切にしている思い出があるのなら教えて欲しいの」

俺とリットは顔を見合わせた。

そうだな、俺達にとって過去は大切な思い出だ。

俺が勇者の兄ギデオンであることもバレてしまったし、魔王軍との戦争も終わった……話してしまっていいだろう。

リットも同じ考えのようでうなずいている。

「分かった、でも長くなりそうだから座って話さないか？」

「いいわね！　お茶とお菓子も用意するわ！」

「ありがとう……さて、何から話そうかな」

店の奥へと案内されながら、俺の意識は数々の思い出を巡っていた。

きっと素晴らしい服ができあがるだろうと、まだ何も始まっていないのに、俺にはそう思えたのだった。

＊　＊　＊

オフラーの店を後にした時にはすでに夕方、太陽が空を赤く染めていた。

「オフラーさんのお店にして良かったでしょ？」

リットが言った。

「ああ、オフラーさんならきっと俺達に合う最高の服を仕立ててくれるだろう」

服のデザインは1日で完成するものではない。

これから何度も、あの店に通うことになるだろう。

もちろん、それは苦労ではない。

結婚式が形になっていく喜びだ。

「結婚の実感が湧いてくるよ」

「また言ってる」

リットはクスクスと笑った。

だが事実だから仕方がない。

「これは結婚してからが楽しみですな」

「それまでには慣れてるよ」

「本当かなぁー」

そんなことを言いながら、2人並んで俺達の家へと歩いていく。

これからの2人の人生で数え切れないほどあるだろう光景だ。

そう思うと、何だかますます幸せな気持ちになる。

何年か経ったら、今日も素敵な思い出となっているのだろうか。

その時はまた、オフラーさんに服を仕立ててもらうのもいいな。

きっと素敵な服ができあがることだろう。

＊　　＊　　＊

２日後、ヤランドララが帰ってくる日。

港で待ちたいところだったが、船が何時くらいに到着するかも分からないし、船の到着が１日遅れるくらいは当然ある。

それに今、ゾルタンでは風邪が流行っていた。

最悪の場合命を失うゴブリン熱のような危険な流行り病ではないが、数日間寝込むくらいにはキツい風邪のようだ。

ニューマン先生の診療所から薬の緊急注文が入り、今週の週末も店を営業していて欲しいと頼まれた程だ。

まだ流行の入口で、これ以上病気が流行らないようゾルタンの医者達が奔走している状況だ。

「ただまぁ、病気の流行を食い止めるのは簡単なことじゃないからなぁ」

というわけで、俺とリットは薬草店で働いている。

「明日は久しぶりに山に薬草を採りに行った方が良さそうだな」

「え、もう足りないの？」

薬棚を確認してきた俺の呟きを聞いてリットは驚きながらそう言った。

「明日ルーティが薬草を届けてくれるって話だったじゃない」

「他の薬屋からもルーティのところに注文が入っているようなんだ。それなら〝雷光の如き脚〟を使えば短時間で薬草を集められる俺より他を優先した方がいいだろう」

「そんなに流行ってるの？」

「うーん、病院や診療所で働いている医者は流行っていると言っているんだけど、症状の程度がまちまちで、命に関わることもないから町に変化は見られないんだ」

「そうなんだ」

「休んでいる人が増えてはいるけど、ゾルタンじゃサボって人が減るってのがよくあるから、せいぜい他の人がサボれないくらいの影響だな」

「平和ねぇ……と軽く見るべきではないよね」

リットは真剣な表情になった。

「ああ、ニューマン先生も病気が特定できていないんだ。ただの風邪にしては感染力が強すぎるし、ゾルタンで流行ったことのある病気とはどれも違うそうだ」

「外から入ってきた病気ってこと？」

「そう考えるのが自然だな……外国からの出入りが少ないゾルタンでは珍しいが」

辺境であるゾルタンは、他の国に比べて流通が限られている。

周辺諸国で流行っている病気がゾルタンだけは流行らなかったということはよくあることだ。

「他の国ではどうなのかな？」

「それも情報が入ってこないからなぁ、大きな疫病が流行っているならともかく風邪程度の症状だとわざわざ歩いて何日もかかる外国に知らせようとも思わないだろう」

こういう場合だと辺境の情報の無さは問題だな。

「今のところ解熱剤と鎮痛剤、それに体力を回復させる薬を使った対症療法しか手がない。どれも需要の高い薬だが他の病気でも使われる。品切れにするわけにはいかないよ」

「むー、忙しくなりそうね。せっかくヤランドララが帰ってくるのに」

「それはそれ、お祝いパーティーは店を閉めてからしっかりするさ。なんたってヤランドララが帰ってくるんだ」

薬屋としての仕事もする、ヤランドララの友人としてやるべきこともする。

必要なら仕事も全力でやるが、友人のことを疎かにはしない。

「ただ料理を作るのが店を閉めた後になるから、パーティーの開始が遅くなってしまうな。軽くつまめる物も別に用意しておくか」

「いいねー、どんなものを作るの？」

「本当に簡単に作れるものだよ、フルーツとチーズを切って盛り付けるとか」

「みんなと雑談しながら料理ができるのを待つのにピッタリじゃない。ワインも出した方が良さそうね！」

「葉牡丹(はぼたん)は分からないが、他は飲んですぐに酔っ払ったりしないか」

そもそも葉牡丹はお酒を飲まないか。

「ぶどうジュースも買ってあるから葉牡丹やルーティも楽しめると思うわ。それにお話をしてたら時間なんてあっという間だもの」

リットはそう言って笑った。

確かに、お互い話すことはたくさんあるだろう。

……話せないこともあるが。

「それはまた明日、私達とヤランドララだけでね」

「そうだな」

そう話し合っていると、カランとドアベルが鳴った。

「いらっしゃい……葉牡丹と虎姫じゃないか」

店に入ってきたのは、忍者装束を着た少女葉牡丹とヒスイ王国の着物を着た虎姫。

正体を隠して暮らす魔王の娘と水の四天王だ。

「こんにちは、レッドさん！　リットさん！」

「こんにちは。ヤランドララはまだ戻ってないし、パーティーの時間にも随分早いようだけど」

「もうすぐ船が到着するようだ」

虎姫が言った。

「船が？」

俺は思わず聞き返した。

「あと1時間ほどで港へ到着するだろう。船の速度と形状は普段ゾルタンに寄港するものではない。ヤランドララが乗っている船の可能性が高い」

「すごいな、どうして分かったんだ？」

「妾（わらわ）は水の四天王だぞ？　水の大妖精（アークフェイ）にできることは妾にもできる」

水を介した知覚能力か。

ヤランドララは快速船をチャーターして乗っているそうだから、ゾルタンから1時間というと10キロ以上先の船を知覚したことになるか。

さすが水の四天王だ。

「力も随分取り戻したようだな」

「これほど休んだのだからな……気がつけば戦争も終わってしまった」

虎姫は自嘲気味に笑った。

虎姫……水の四天王アルトラは魔王軍四天王最後の生き残りだ。

アルトラは葉牡丹を人質に取られ、魔王タラクスンに従わされて開戦当初から水軍を率いて戦った。

ワイヴァーン騎兵を有する風のガンドールと並び、アヴァロン大陸侵攻で最も大きな役割を果たした将軍だろう。

その戦争が、魔王軍の敗北という形で終わった。

魔王軍の将として部下を率いて戦ったアルトラには思うところがあるはずだ。

逆の立場なら……俺の命令で戦い死んでいった部下達に俺は何を言えばいいのか分からない。

「フッ……妾達の2つの敗北、タラクスンに負け人間に負けた。だがそれが新しい時代への礎となる……妾はそう期待している」

「新しい時代か、デーモンにもそれが可能だろうか」

「古いデーモンである妾には分からんよ。だがこの戦争で、デーモンの秩序はすべて失われた。葉牡丹が魔王として君臨して新しい秩序を築く時代だ」

アルトラは葉牡丹の頭を優しく撫(な)でた。

その目には期待と慈愛が入り混じっている。

当の葉牡丹は、よく分かっていない様子でキョトンとしているが。

「人とデーモンは相容れん。これからも戦争は起こるだろう」

「だけどお互いのすべてを否定する戦争はもうやりたくないな」

「同感だ」

俺の言葉に最後の四天王は同意してうなずいた。

「どれほど加護が戦争を望もうとも、お互いがこの世界に存在することを許すという一線だけは守りたい。そういう時代が来ると妾は願っている」

アルトラは変わった。

偽の四天王となったアスラ達の襲撃の後で、特に何かあったわけではない。

ただ葉牡丹と一緒にこのゾルタンで平和に暮らしていただけ。

長い時を生きてきた最上級デーモンにとっても、人間の町で平和に暮らすという体験は無かったそうだ。

アルトラを変えたのは葉牡丹との平和な日常。特別ではない日々が、神から悪として定められたデーモンを変えたのだ。

「余計な話で引き止めてしまったな」

「いや、未来ある話が聞けて良かったよ。それに港にヤランドララを迎えに行きたいのは山々なんだが……ほら」

俺は店の入口を指差した。

外からドタドタと慌ただしい足音が聞こえる。

「レッドー!!　大変なんじゃー!!」

家の外からでも響くガラガラとした声。

この声はドワーフの鍛冶師モグリムだ。

「今ゾルタンで病気が流行っているんだよ」

「病気ですか!?」

薬牡丹が驚いて声を上げた。

だが次の言葉を言うより早く……。

「レッド！　薬じゃー!!」

モグリムが店の中へと飛び込んできた。

「いらっしゃいモグリム。どんな薬が必要なのか事情を聞かせてくれ」

「家内が熱を出して倒れたんじゃ！　ニューマン先生に診てもらったんじゃが、今流行っている厄介な風邪だと言うじゃないか！」

「ああ、やっぱりそうか。うちに来るってことはニューマン先生の診療所にはもう薬が無いんだな」

「あとは子供用の薬しかないそうでな！　レッドの店ならあると言われたから走ってきたんじゃ！」

「なるほど、すぐに薬を用意するよ」

モグリムの奥さんであるミンクさんのこともよく知っている。

彼女の体格と体質から考えて、適切な薬の量に小分けして渡す。

「知っていると思うけど、これらの薬は対症療法。病気の苦痛と体力の低下を緩和するもので、病気の原因を取り除く薬じゃない。薬を飲んで多少楽になったからっていっても寝てないといけないぞ」

「よく言い聞かせとく！」

モグリムは愛妻家だ。

言わなくても無理はさせなかったと思うが、これでミンクさんが動こうとしてもちゃんとベッドに押し留めてくれるだろう。

「でも、ミンクさんが倒れちゃうと赤ちゃん達のお世話は大丈夫なの？」

「それは……」

リットの質問に、モグリムは薬を抱えたまま途方に暮れた顔をしている。

去年の冬、俺達は〝世界の果ての壁〟へ一緒に旅をした。

俺はリットに贈る婚約指輪に使う宝石を手に入れるため。

そしてモグリムは、奥さんのミンクさんのお産が難産になると言われ、帝王切開でのミンクさんの負担を最小限にする鋭いナイフを作るためアースクリスタルという希少な鉱石を求めての旅だった。

「まだ1ヶ月でしょ？」

「可愛いが目が離せん、だからこうして走ってきたしすぐに戻らなければとは思っておるのだが……ミンクがやってきたことを全部できるかというとなぁ……何よりワシはせがれ

達の食事を用意できんから」

モグリムとミンクさんの子供が生まれたのが1ヶ月ほど前。

『医者』の加護の予測は正確で、お産は帝王切開になった。

生まれたのは双子の可愛い男の子達だった。

モグリムとミンクさんは2人の赤ちゃんにギリウスとバルガスと名付けた。

ドワーフに伝わる古い英雄達の名だそうだ。

「拙者がお手伝いしましょうか！」

困った顔をしているモグリムへ、葉牡丹が手を挙げた。

「葉牡丹が？」

「はい！」

葉牡丹はいつものように元気だ。

「葉牡丹は赤ちゃんの世話をしたことがあるのか？」

俺の質問に葉牡丹は元気よく首を、横に振った。

「いいえ、ありませぬ！　ですがやる気はあります！」

「そ、そうか」

やる気があるのは良いことだ。

「でも人手があるのはミンクさんにとっても助かると思うわ。葉牡丹は真面目で物覚えもいいから赤ちゃんのお世話もすぐできるようになるよ」

リットがそうフォローする。

「それにミンクさんがどう思っているかは分からないけど、同性の方が母乳を扱うのは気が楽なんじゃないかな」

「ぼ、母乳？」

モグリムは目を白黒させている。

「ミンクさんの体調次第だけど、母乳が出るなら赤ちゃんに代用の食事を与えるより母乳をあげた方がいいと思う。母乳には加護の耐性が残るって言うし」

「そうなのか⁉」

モグリムが驚いて言った。

葉牡丹と虎姫も知らなかった様子でリットに注目している。

「私も老鉱竜大学(ろうこうりゅうだいがく)から来たドラゴンに聞いた話なんだけど、加護も無く体も弱い赤ちゃんが病魔から守られているのは、母乳から加護の耐性が分け与えられているからだって」

その話なら俺も資料で読んだことがある。

ただ俺が読んだのは、母乳や血に残る加護の力を取り出しポーションにできないかという錬金術師の研究論文だったが。

その論文の結論では、現段階では飲んだ者の加護が反発し無効化してしまうということだった。

「効果があるのは生後数ヶ月くらいの間だけらしいけど、病気が流行っているからこそお母さんの母乳を飲ませた方がいいと思う」

「な、なるほど!!」

「でも赤ちゃんを今のミンクさんのところに連れて行くのは病気が伝染る可能性があるから、葉牡丹が容器に集めて赤ちゃんに飲ませるのが良いと思うわ」

モグリムは良いことを教えてもらったとリットの手を握って感謝している。

葉牡丹は……、

「虎姫さま、お乳の取り方はどうすれば良いのでしょうか?」

と無邪気にたずね、

「……うむ」

虎姫は視線をそらしていた。

さすがの魔王軍四天王も、母乳の集め方は分からないようだ。

俺も分からないので念のため視線をそらしておく。

「葉牡丹がやるのはミンクさんのフォロー。体を支えたりコップを持ったり、ミンクさんがして欲しいことをしてあげるのがいいと思う」

「なるほど！　それならできます！」

リットにそう言われ葉牡丹は元気に返事をした。

「今日はヤランドララさんのお帰りなさいパーティーがあるので、途中で退出させてもらいますが、それまではお手伝いできます！」

「あやつが帰ってくるのか……」

モグリムは微妙な表情をしている。

ドワーフとハイエルフは種族的に仲が悪い。

契約やルールを大切にするドワーフと、信頼と感情を重視するハイエルフとでは合わなくて当然という気はする。

「まぁ仕方あるまい。そういうことなら、手伝える時間だけでも手伝ってもらえるとありがたい」

「はい！」

「ワシはパーティーには参加できんが、まぁよろしく言っておいてくれ」

モグリムはモゴモゴとそう言うと、葉牡丹と一緒に帰っていった。

った。

「本気で嫌っているわけじゃないんだよね」

リットが面白そうに言う。

途中からではあるが、ヤランドララも〝世界の果ての壁〟への旅に同行したのだ。

異種族は性格が合わなくとも、信頼は生まれることがある。

これがハイエルフ同士、ドワーフ同士だとそうならないのが面白いところだと、俺は思った。

そんなことを考えていたら、別のお客が来たので薬屋の店主としての仕事に戻る。

このお客も流行っている病気の家族がいるようだ。

「それでどうするんだ？」

薬を買った客が帰っていった後で、虎姫がそう言った。

「ヤランドララのことか？」

「ああ」

港に出迎えに行きたい気持ちはある。

普段なら店を閉めて間違いなく港へ行くだろう。

「でも見ての通り今薬屋を閉めるわけにはいかなくてね。閉店時間も少しずらそうと思っているくらいだよ」

「店は私が見ていようか？　レッドだけでも行ってあげた方がヤランドララも喜ぶと思う

よ」

「いや……俺達の人生の節目だからな、リットと一緒にヤランドララを出迎えたいんだ」

ヤランドララが帰ってきたら結婚式を挙げる。

俺が勇者のパーティーを追い出された時、誰よりも怒ってくれた。

俺とリットを捜して世界中を旅して、この辺境ゾルタンまで追いかけてくれた。

心配させてしまったという後悔はある。

俺は妹であるルーティの宿命を、少しでも変えようと戦い続けてきた。

俺の生きる意味は『勇者』との戦いだった。

相手が強大すぎて他のことを考える余裕が無かった。

そして、いつか旅を終える日が来ると予想していた、納得もしていた。

だが、アレスに『真の仲間ではない』と言われた時に、俺はこれからどう生きていけば良いのか分からなくなってしまった。

ヤランドララを心配させると分かっていても、ここではないどこか遠くへ消える以外の方法が思いつかなかった。

〝世界の果ての壁〟で再会した時、ヤランドララが俺とリットをハイエルフの国であるキラミン王国へ連れて行こうとしたのも理解できる。

俺は幼い頃から俺のことを見守ってくれた親友に、それだけのことをしてしまった。

だから、俺とリットの結婚式をヤランドララに見てもらいたい。

もう何も心配することはない、俺達は幸せだと伝えたい。

結婚式は、あの日起きた不幸との決着でもあるのだ。

「妾には知るはずもないことだが、レッドにとってはヤランドララが立ち会うことに大きな意味があるのだな」

虎姫が神妙な顔でうなずいている。

「ならば店は妾が見ておこう、それでどうだ？」

「ええっ⁉　虎姫が店員を⁉」

驚いて思ったことがそのまま口に出た。

リットも口を開けて驚いている。

「意外か？　言っておくがな、私は世界最強の水使いにして貴様ら人間の何十倍もの時間を生きてきたのだぞ。血の通った生き物ならばその体の不調は水の流れを見れば分かる」

「でも薬については分かるのか？」

「たしかに薬については素人だが、この店に置いてある薬ならすべて記憶してある。症状を理解でき、薬の効能を記憶している妾なら何の心配もない」

虎姫はニヤリと笑っている。

恐るべき水の四天王なのだが、何だか仕草が葉牡丹に似てきたな。

微笑ましい。

「ありがたいが、そこまでしてもらっていいのか？」

「実は暇なのだ。暗黒大陸の状況が気になるのだが、妾から動くとタラクスンに気付かれる可能性があるのでな。向こうから情報が流れてくるのを待つばかりだ、気にするな」

虎姫は肩をすくめて言った。

「それにお主達から受けた恩からすれば、この程度の手伝い何の礼にもならん。だから妾の力がお主達の助けになるのなら……まぁ魔王軍に察知されない程度に力を貸してやるのは当然だ」

戦争中に直接戦ったことはなかったが、魔王軍の将軍にこう言われるのは不思議な感覚だな。

だが本心から言っているのは分かる……ここは助けてもらうか。

「分かった、少しの間店のことを任せてもいいか？」

「ああ、妾のことは気にせずヤランドララを出迎えてやるといい」

「ありがとう」

こんなことになるとは勇者のパーティーにいた頃には想像もできなかった。

パーティーを追い出された時、確かに俺は苦しかったが……あの日があったからこそ今の幸せがあるのだと思うと、少しだけあの苦しみを懐かしく思うのだった。

＊　＊　＊

ゾルタン港区。

ゾルタンの西側を流れる川に造られた港で、ゾルタン共和国唯一の貿易港のわりには水深が浅く大型船は入ることのできない港だ。

嵐の通り道であるゾルタンでは、海に港を造り辛いという事情もあるのだろうが、この港機能の弱さもゾルタンが見捨てられた辺境と呼ばれる理由の大きな要因だろう。

まぁ、他にも要因がありすぎて港をどうこう言っても仕方がないのかもしれない。

「あ、船が見えてきたよ！」

俺の隣に座っていたリットが、立ち上がりながらそう言った。

「どれどれ……俺にはまだ見えないな」

『スピリットスカウト』の加護を持つリットは、俺より目がいい。

数分後、俺の目にも川の向こうにある海を走る船が見えた。

俺の目に映る姿がまだ小さくて船の形はよく分からないが、ゾルタンに来るいつもの交易船に比べて随分速度が速い。

「あれか」

「あの船じゃ港までは入れないね。虎姫の予想よりもうちょっと時間がかかるかも」

船はシャープなシルエットをした新型帆船のようだ。

少し魔王軍の軍船に似ている。

魔王軍との戦争で暗黒大陸の造船技術が取り入れられるようになったのかもしれないな。

リットの予想通り船は河口から少し入ったところで止まり、上陸用のこぎ船が下ろされた。

「でも上陸用のこぎ船はそのままだな」

オールを漕いで進む原始的な船。

魔王軍も上陸には、似たような形のこぎ船を使っていた。

進歩する技術もあれば変わるのが難しい技術もあるということか。

そんなことを考えていると、こぎ船に乗った女性の姿が見えてきた。

「ヤランドララだ！」

「ああ、俺にも見えた！」

ヤランドララも俺達に気がついたのか、嬉しそうに手を振っていた。

久しぶりの再会だ！

＊　＊　＊

「ただいまレッド、リット！」

「「おかえりヤランドララ！」」

　こぎ船から桟橋に乗り移ったヤランドララは、俺達２人をまとめて抱きしめた。

「会いたかったわ！」

「俺もだよ」

「魔王軍との戦争は終わったけど、まだ安定が戻っていない国も多いはずだから……ちょっとだけ心配してたわよ」

「ありがと。でも友達に心配されるっていうのも嬉しいものね」

　ヤランドララはそう言って笑っていた。

「それにしても私が帰ってくる時間がよく分かったわね。もしかして、朝から待っていてくれた？」

「いや、虎姫が教えてくれたんだ」

「なるほど、彼女なら海の上を走る船の察知くらいお手の物ね。さすが四天王」

「その四天王が、今は私達のお店で店番してくれているのよ」

「虎姫が!?　面白いわね!!」

ヤランドララは驚き、楽しそうに微笑んだ。

「100年以上世界中を旅してきたけど、この世界から驚きが尽きることは無いわね！」

「それで今回の旅のことを聞かせてくれよ……と言う前に、まずこれを報告しないとな」

「うん」

俺とリットの様子を見て、ヤランドララは表情を輝かせた。

「聞かせて！」

「結婚式は3ヶ月後、ドレスの完成を目処に準備をしている……俺達結婚するんだ」

ヤランドララは再び俺達の体を抱きしめた。

「おめでとう……！」

俺達を抱きしめているヤランドララの顔は見えなかったが、本当に嬉しそうな声だった。

「ありがとう、ヤランドララ……これまでずっと心配をかけたね」

俺はそう答えたのだった。

＊　　　＊　　　＊

ゾルタンから北西に歩いて半日ほど。

山の麓に村がある。

ゾルタンへ木材を供給する村の1つで、たまに山からモンスターが下りてくることがある以外は代わり映えのない日常を暮らす平和な村だ。

そして今日は、その〝たまに〟が起こる日だった。

「プレイグドボアだ――!!」

大きなイノシシが木々の間から現れ、村へと侵攻している。

その体は泡立つ潰瘍に覆われ、黄色く濁った目からは腐汁が滴り落ちている。

今にも倒れて腐り果てそうな見た目だが元からああいうモンスターだ。

プレイグドボアは一度村を襲うが、すぐに撤退する習性を持つ。

その理由は口から突き出す変色した牙にある。

プレイグドボアの牙に噛（か）みつかれると獣心症（じゅうしんしょう）という病気に感染する。

潜伏期間は半日ほどで、発症すると錯乱状態に陥り、獣のように周囲の人間に襲いかかるようになる。

そして感染者に噛みつかれた者も獣心症に感染してしまう。

感染者達によって村が混乱している間に、プレイグドボアは今度は家族を連れて現れ、人間達を捕食するのだ。

「槍（やり）と弓をもってこい！　迂闊（うかつ）に近づくな！」

村の男達が指示を出す。

槍で威嚇して弓矢で追い払う。

噛まれなければ問題ない。プレイグドボアは危険だが強いモンスターではない。

他者を殺して加護を成長させ強くなるこの世界では、半日という潜伏期間を経てからしか効果を発揮しない特殊能力というのはあまりに悠長なのだ。

だが、別の能力があれば話は違う。

「ブモオオオ!!」

プレイグドボアが叫ぶと、周囲に霧が吹き出した。

「魔法!?」

フォッグクラウド、自分の周囲に濃霧を作り出し身を隠す下級魔法。

そして。

「うわっ!?」

炎の矢が指示を出していた男を貫いた。

ファイアーアロー。

炎を矢のようにして撃ち出す、これも下級魔法。

炎上した男は悲鳴を上げて倒れ、周りの村人が慌てて火を消す。

広範囲に至る火傷(やけど)で見た目は痛々しいが致命傷ではない、下級魔法相応の威力だ。

だが、状況は深刻だ。

「あ、あのモンスターは『妖術師(ソーサラー)』の加護持ちだ！」

生来の能力に加えて、魔法を扱える加護持ち。

霧の中にいては弓矢も当たらず、槍を構えても魔法が飛んでくる。

そして接近されたら牙で噛まれて病気に感染する。

「い、家の中に避難するか？」

「だめだ、魔法で家を燃やされるぞ！」

これは村人だけでは対処できず、冒険者を呼ばなければならない事件だ。

村人達は次善の策を取るべきか考え出す。

プレイグドボアは何人かの感染者を出せば一度撤退するのだから誰かを犠牲にし、それからすぐに冒険者を呼びに行けば良い。

弓を持った老人が槍を持った若者の肩を叩(たた)く。

自分が行くから槍を貸せ、と。

村が壊滅することはないが……悔しさと諦めが村人達の間に漂い始めた。

そんな空気を吹き飛ばす、力強い声がした。

「見事な勇気、このような村にも勇者はいるものだな！」

村の入口から2人の男が歩いてくる。

そのうちの1人、タラクスンは異国造りの刀を抜いた。

「モンスターは私がやる。ビュウイは他にいないか周囲を探せ」

「了解しました」

ビュウイは手を柄に置き、木々の中へと走った。

タラクスンは刀をだらりと下げてプレイグドボアが生み出した霧の固まりへと近づく。

「危ない！」

村人が叫んだ。

ファイアーアローが再び霧から撃ち出された。

次の瞬間、タラクスンは身を翻してファイアーアローを避けながら霧の中へ刀を投げた。

「ブオッブオッ!!」

獣の悲鳴が聞こえ、ドサッと大きな音がした。

魔力を断たれた霧はすぐに晴れ、額に刀が突き立てられた不潔なプレイグドボアが横たわっている姿があらわとなる。

「霧に身を隠そうとも、ファイアーアローを撃てば居場所を知らせるようなもの。魔法を使えようが所詮は心なきモンスターだ」

タラクスンは倒れたモンスターへと近づき刀を引き抜いた。

歓声を上げて村人達が集まってきた。

2人が勇者の遺産を求めてアヴァロン大陸を旅していた間に何度も見られた光景だ。

魔王タラクスンとは違う、人の姿をした勇者タラクスンの名が戦後で混乱しているアヴァロン大陸の各地の村に残されていた。

「ありがとうございます、何とお礼を言ったら良いか」

槍を持った老人がタラクスンに深く頭を下げながらお礼を言った。

「ここらにはあのようなモンスターが現れるのだな」

「やはり旅の御方(おかた)でしたか。はい、少し前までは麓に下りてくることも減っていたのですが」

「何か心当たりがあるのか？」

「心当たりといいますか、1年ほど前は薬草取りの冒険者さんがよく山に出入りしていたのですが、その冒険者さんが危険なモンスターを道すがら駆除していたようでして。その頃は山の奥の強いモンスターが村まで下りてくることも無かったのです」

「なるほどな、その冒険者はどうしたのだ？」

「ははは、所帯を持ってから山に出入りする時間を減らすようになったようで……最近はめっきり姿を見せなくなりました。よっぽど良い奥方を見つけたのでしょうな」

「いやまだ結婚はしていないと聞いたぞ」

近くにいた別の村人が補足した。

「おっと、これは失礼。ですが結婚するのも遠くないでしょうな、あのような好青年を手放す女性はおりますまい」

「それほどの男か」

「はい、剣士様ともきっと気が合うと思いますよ」

「いやいや、そんな無責任なこと言ったらだめッスよ。レッドさんと剣士様じゃタイプが違うし」

また別の若い村人が言う。

「ワシは結構似ていると思うんだがなぁ」

「レッドさんも好青年だけど、あの人は温和で一歩引いているところがあるじゃないッスか」

「レッドというのか、その冒険者は」

「はい。ファミリーネームはないみたいで……あ、いや、妹さんがルールさんって言うらしいからレッド・ルールが本名なのか？　まぁよく知らないけど冒険者というより、今は薬草店が本業みたいッスよ」

タラクスンの質問に、若い村人はそう教えた。

軽い口調で喋（しゃべ）るその男に、他の村人達は苦笑している。

小さく、「あとで説教だな」と言っている村人もいた。

「レッドか」

ビュウイの言っていた男だろう、奇妙な縁だとタラクスンは心の中で笑った。

「タラクスン様」

周囲を調べ終えたビュウイが戻ってきた。

「どうだった？」

「プレイグドボアはいませんでした。ただまったく別のことで気がついたことが」

「ふむ」

「〝アスラの鎖〟が咲いておりました」

「何だと？　間違いないのか」

「はい、手折ったものがこちらです。処理はしてありますからご安心を」

ビュウイは何の変哲もない桃色の花を見せた。

それを見たタラクスンの表情が曇る。

勇者の墓で巨人達と戦った時ですら見せなかった、この大陸に来て初めての表情だった。

「プレイグドボアも病の臭いに引き寄せられ村へ下りてきたのだと思います」

「なぜこれが自生しているのだ」

「以前私が来た時はありませんでしたが……どうしますか？」

「周囲の村を調べよう、状況を把握しなければならん」

「しかし聖剣は……」

「あとでいい、今は勇者として旅をしているのだ」

タラクスンは静かにそう言い放ち、村人達の方へと向き直った。

「この村で病にかかっている者を教えてくれ」

第三章 魔王を討つ魔王の剣

「病気が流行っているのね？」

「ああ、だから船員の上陸は最小限にした方がいいだろう」

ゾルタンの桟橋で、俺とリットはヤランドララに最近ゾルタンで風邪が流行っていることを伝えた。

船は人を運ぶが病気も運んでしまう。

「分かったわ、伝えてくる」

こぎ船を操作していた船員達は、船に乗ったまま休憩していた。

ヤランドララから病気のことを伝えられると、渋い顔をしながら上陸することなく船へと戻って行った。

「今のところ重症になる病気ではないようだけど、感染力の高い病気を広めたくないからな」

「私がゾルタンを留守にしている間にそんなことになっていたなんて」

「流行りだしたのは最近みたいよ」

「俺やリットも気がついたのはここ数日だよ。症状は少し重めの風邪くらいだから、いつもの風邪とは違うと気がつけなかった」

薬屋として病気の流行に気がつけなかったのは悔しい。

コモンスキルには症状の詳細を特定するものはないから、似たような病気だと俺には判断できなくなることは分かっているんだが……それを知識でカバーするのが薬屋としての俺の目標だ。

「レッドも気をつけてね？　治す側みたいに思っているかもしれないけれど、あなたの加護には病気に対する耐性がないでしょう？」

「それはそうだけど、俺は加護レベルが高いから下手な耐性持ちより病気にも強いよ」

「加護レベルが低い人と比べちゃだめでしょ！」

ヤランドララは少し強めの口調で俺を窘めた。

病気に関係する加護には、病気に対する耐性の固有スキルが取れるようになっている。

またリットの『スピリットスカウト』やヤランドララの『木の歌い手』といった、精霊魔法を使う加護も耐性が与えられるし、『戦士』や『武闘家』系の加護は肉体に作用する異常への耐性もゆっくりと向上していく。

そう考えると病気への耐性はありふれているなぁ。

一番人口の多い最下級の加護である『闘士（ウォーリアー）』には耐性がないので、病気の流行は止まらないのだろうが。

「はい、これ」

ヤランドララは木の葉のような耳につけていた耳飾りを外し、俺とリットに持たせた。

「これは？」

「世界中を旅するハイエルフのためにキラミン王国が作っている災い除（よ）けのマジックアイテムよ。病気感染への強い耐性も授けるわ」

受け取った耳飾りの宝石から強い魔力を感じる。

ハイエルフが秘奥としている精霊魔法が使われているのだろう。

同族以外に渡されることはほとんど無いはずの品だ。

「貴重なものだろう。いいのか？」

「いいに決まっているでしょ！」

また怒られてしまった。

「でも気をつけてね。その宝石は感染を防ぐ力しかないの。病気の人には何の力にもなれないわ」

「ありがとう。大切に預かるよ」

俺は布に包み、大切にしまった。

「レッド」

隣のリットが俺を呼んだ。

「どう!?」

嬉しそうに髪をかきあげ耳と首筋をあらわにする。

そこにはヤランドララの耳飾りが揺れていた。

「私の耳にも似合うかな」

「ああ、よく似合っているよ……ヤランドララとは違った美しさがある」

「えへへ」

リットは嬉しそうに首のバンダナで照れている口元を隠した。

「ふふ、あなた達の結婚式には同じデザインの耳飾りをプレゼントしようかしら」

「俺にもか？」

「あら、レッドの耳にも似合うと思うわよ」

「うーん……そうかな？」

悩む俺の顔を、ヤランドララは優しい表情で見ていたのだった。

＊　　＊　　＊

俺達3人は港区を離れ、まっすぐ俺とリットの家へと帰る。

ルーティの『シン』について聞きたいことはあるが……。

「人のいるところで話すことじゃないわ」

「そうだな」

加護が作られた理由に関わる重要な話だ。

「明日、薬草を取りに山に向かおうと思っているんだ。ヤランドララも一緒にどうだ？」

「いいわね、私も一緒に行くわ」

秘密の話をするのに辺境ゾルタンの山の中ほどピッタリな場所はないだろう。

こんなところに大きな秘密があるなんて、誰も思わないだろうから。

それに……。

「植物についてのヤランドララの知識は大陸随一だから、頼りにしているよ」

「流行っている病気の薬を調剤するのに使う薬草？」

「ああ、今は対症療法しかできていないけどね……ヤランドララなら何か分かるかもしれないが」

「山に行く前にニューマン先生のところに寄って私も患者を見ておいた方が良さそうね」

「それなら明日はゾルタンを出る前にモグリムのところに寄って行くのはどうだ？　奥さんのミンクさんが病気で寝込んでいるそうなんだ」

「ミンクさんが！　それは心配ね……私は医者じゃないけど、薬草の知識には自信があるし、旅の中たくさんの病気を見てきたから、力になれるかもしれないわ」

「今は葉牡丹が倒れたミンクさんの看病と手伝いに行っているはずだから、今夜パーティーが一段落した頃にでも聞いてみるといいよ」

「パーティーって……もしかして！」

ヤランドララの言葉に、俺とリットは笑って答える。

「みんなヤランドララが帰ってくるのを楽しみにしていたんだ」

「今日のはホームパーティーくらいの規模だけど、冒険者ギルドや商人ギルドの人達もヤランドララに挨拶したがってたよ！」

「闘技場の関係者達も帰ってくるのを楽しみにしているようだな。チャンピオンを倒すんだって、皆で特訓していたそうだ。俺もちらっと見たけど、何人か動きの良いヤツもいたし、対策も考えているようだった。そろそろ素手のヤランドララ相手ならいい試合をする選手も出てくるんじゃないかな」

「明日レッドがヤランドララを山に連れて行ったら、あとで文句を言われそうね」

「言われそうだなぁ」

俺達の言葉を聞いて、ヤランドララは微笑んだ。

「……ふふ、嬉しいわ。ゾルタンはやっぱり良いところね」

ヤランドララがゾルタンで暮らすようになったのは去年の冬だった。

まだ1年経《た》っていないが……すでにゾルタンにはたくさんの知り合いと思い出があるのだろう。

ヤランドララが旅立ったと聞いて悲しんだ人は大勢いた。

明後日からもヤランドララは色んな人から声をかけられるだろう。

……というかヤランドララはゾルタン闘技場のスターなんだから知り合いが多くて当然じゃないか。

＊　＊　＊

夜。レッド&リット薬草店。

「「「お帰りヤランドララ！」」」

俺達はヤランドララを囲んで、彼女が無事帰ってきたことを喜んでいた。

参加しているのは、俺とリット、ルーティとティセ、葉牡丹と虎姫だ。

「ありがとうみんな」

ヤランドララは嬉しそうに笑った。

テーブルに並べられた料理は昨日から仕込んでいた物を中心に、サラダとミートパイも添えられている。

もっと作りたかった物はあったが、時間が足りなかった。

その代わり……。

「オパララのおでんも久しぶりね……うーん、やっぱり美味しい！」

帰る途中にオパララの屋台に寄っておでんを買うことにしたのだ。

ただ、俺達が寄った時はまだ仕込みの時間で、出せないおでんの方が多かった。

なので……。

「取りに行ってくれてありがとうな、ルーティ」

「お兄ちゃんの料理は世界で一番美味しいけれど、オパララのおでんも好き」

早めに来てくれたルーティが、おでんに味が染みた頃にオパララの屋台へ受け取りに行ってくれたのだ。

おかげで、昼に想定していたよりも早くヤランドララに料理を振る舞えたというわけだ。

「オパララもヤランドララに挨拶したがってた」

「それなら、今度は私から屋台に食べに行かないとね」

「いい考え、私も行きたい」

「その時は私もぜひご一緒させてください」

ヤランドララとルーティとティセが、おでんを食べながらそう話している。

仲の良い友達同士の会話だ。

ルーティが勇者として旅をしていた頃には見られない光景だった。

「ところでルーティ、ティセ……この緑色のちくわパンは一体何なの？」

「薬草ちくわパン、自信作」

テーブルに置かれた皿の1つに山盛りに積まれた薬草ちくわパンがある。

ルーティとティセが持ってきた物だ。

「ティセのちくわパンは闘技場で人気だったけど、私がいない間に面白いことを始めたのね！」

「ルーティ様の薬草農園のこれからには薬草需要の拡大が必要だと思いまして、薬草料理を売り出しているところなんです」

「へぇ……」

ヤランドララは薬草ちくわパンを食べた。

「あら、すごく美味しい!!　これ薬草を練り込んであるのよね？　苦味があるはずなのに、よく味を調えられたものだわ！」

「うん、ティセとたくさん試作した……ちくわが夢に出てきた」

「夢に！」

「夢の中でちくわに怒られた……もっと美味しくしろって、とても恐ろしかった」

「ふふ、ルーティがそんな愉快な夢を見られるようになるなんて、本当に素敵ね」

「愉快じゃない、どちらかと言えば悪夢だった」

ルーティは身振り手振りも交えて、ちくわに怒られることがどれだけ恐ろしいことかを説明している。

残念ながらルーティがやっている精一杯の恐ろしいちくわのポーズは伝わらず、ヤランドララは楽しそうに笑っていた。

悪夢に怯(おび)えるのも人間性だ。

勇者だった頃は、眠ることも夢を見ることも恐怖することもできなかった。

だからルーティがこうして夢の話をするのは、俺とヤランドララにとってとても嬉しいことだった。

「でもこんなに美味しいパンが完成したんだから、ちくわ達も満足したんじゃないか？」

俺がそう言うと、ルーティはうなずいた。

「うん、完成した日はちくわに褒められる夢を見た」

「あはは」

ルーティの言葉に楽しくなって俺は笑った。

みんな、温かい表情でルーティの成長を見守っていた。

楽しい時間はあっという間に過ぎていく。

ヤランドララは旅の話を、俺達はゾルタンであった収穫祭の話をした。

ヤランドララがゾルタンを離れていたのは、夏の終わりから冬にかけて。

ハイエルフや上級デーモンの長い人生からすれば瞬く間、人間の時間でも長い別れだったとは言えない。

だけど俺達の話は尽きること無く、食事が無くなっても話し続けていた。

遠い国で見た猫が可愛かった。

近所の子供の背が伸びた。

雪原の山小屋で食べたシチューが美味しかった。

今年のゾルタンの新作ワインが美味しかった。

他愛もない景色を共有しあう。

「拙者、ついにパンが焼けるようになりました！」

「すごいじゃない！　今度遊びに行った時に味見してもいい？」

「もちろん、虎姫様と2人でたくさん焼きます！」

葉牡丹の言葉にヤランドララは嬉しそうに拍手を贈る。

魔王の娘として育てられ、料理なんてしたことのなかった葉牡丹がパンを焼く。

特別なパンではない、一般家庭でも焼かれているありふれたパンを焼いた。

ただそれだけのこと。

だけどそれこそが大切な思い出だ。

魔王軍のアスラ達と戦った激しい記憶よりも、平和な日常の時間の方がずっと長く、そして幸せなのだから。

＊　＊　＊

話も一段落付き、俺はそろそろ食器を片付けるかと思い始めた頃。

「ところで」

不意にヤランドララが話を切り出した。

「ハーモンという名前の兵士がゾルタンに帰ってこなかった？」

思いがけない名前が出た。

ハーモンは収穫祭の頃にゾルタンに帰ってきた兵士だ。

魔王軍との戦争に志願し、開戦から終戦までを戦い抜いた。

今は戦争で負った心の傷を治療するため、俺の店に通ってもらっている。

「ああ、少し前にゾルタンに帰ってきたよ。今は親戚が経営している石材所で働いているよ」

「良かった、ゾルタンに帰っていたのね」

「しかし驚いたな、ハーモンさんを知っているのか？」

「旅の途中で一度だけ一緒に冒険したのよ。とても勇敢だったけれど……ゾルタンに帰ることを悩んでいたみたいだから安心したわ」

「ヤランドララが、この広い世界でゾルタン出身の兵士と出会って冒険するとは……不思議な縁だな」

「そうね、私もハーモンがゾルタン出身だって聞いた時は驚いたわ。その時は真剣な話をしているところだったから、私もゾルタンに住んでいることを言いそびれちゃったの」

「それじゃあハーモンさんはヤランドララとゾルタンで再会できることは知らないのか」

「多分ね。もしかしたら誰かから私の名前を聞いているかもしれないけど」

「ヤランドララって名前は珍しいものな」

　ヤランドララはゾルタン闘技場の王者だ。

　ハーモンに闘技場観戦の趣味があるかは分からないが、友達から聞いていてもおかしくない。

　そこから身体的な特徴を聞けば、一緒に冒険したハイエルフと同一人物だと分かるだろう。

「でも知ったとしたら俺達に言う気がするな」

「私もそう思う。私達に何も言っていないということは、ハーモンさんはヤランドララについて知らないということ」

ルーティもうなずいている。

俺達戦う者からすれば闘技場観戦はメジャーな娯楽だと思いがちだが、全体からするとそうでもないのだろう。

そういえば、ゴンズやナオから闘技場の話を聞くことはなかった。

「明日、挨拶に行くか？　冒険者と違って同じ作業場で働いているだろうし、朝のうちに会えると思うが」

「んー、仕事中に会いに行っても驚かせちゃうだろうから後にするわ」

「そうか。ハーモンさんは3日後に店に来てくれる予定だから、そこで会うのもいいと思うぞ」

「レッドのお店に来るの？」

「ああ、戦争の後遺症の治療にね」

「そう……少し情緒不安定な様子はあったけど、やっぱり傷ついていたのね」

「すぐに治るものではないけど、今は落ち着いている傾向にあるよ。戦争とは無縁だったゾルタンに、兵士の傷を診られる医者はいないから不安はあるけどね」

「レッドがいるじゃない、兵士のかかる病気についてあんなに勉強していたでしょ」

ヤランドララとは俺がバハムート騎士団にいた頃からの付き合いだ。

王都で俺がどんなことをしていたのかも大体知られている。

「ああ、ルーティと旅立ってからは兵士を扱う知識を持っているのは俺だけになる可能性があったからな、1人ですべてできる指揮官になる必要があった」

俺の脳裏に、領主が与えてくれた兵士達や、勇者を信じて集まった民兵達の姿が蘇（よみがえ）った。

最善は尽くした。俺達はほとんどの戦場で勝利してきた。

だが最善を尽くして勝利をしても兵士は死ぬ。

兵士達の死を悼み足を止めることすら許されず、俺達は勝利を喜び進まなければならなかった。

「それでも戦ってくれる兵士のために、彼らを生かす知識も勉強したんでしょ？　戦時に集めた歩兵なんて消耗品とか思っている将軍だっているのにレッドは優しいよ」

リットは俺の肩に手を置いてそう言ってくれた。

「ありがとう。でもそんな褒められるような動機じゃないんだ……魔王軍との戦争は長期戦になると分かっていた。だから、兵士を使い捨てるような戦い方をしたら負けると思っていたんだよ」

「そしてルーティのためでしょ？」

「私？」

不意に名前が出てきて、ルーティは少し驚いたようだ。

リットはお見通しだな。

「ルーティのために戦った人達が、戦ったことを後悔しながら残りの人生を生きる。そんなことをルーティに背負わせたくなかった」

「お兄ちゃん……」

「まぁ、俺達は一時的に兵を率いるだけで、長期間同じ兵士を率いたことは無かったけどな」

勇者の旅は、危機的な戦場を救ったらすぐに別の戦場にいかなければならなかった。

結局俺の兵士を活かす知識はあまり発揮されることはなかったのだが、それが旅を止めてからこうして役立つとは。

「……ハーモンと一緒に冒険した時のことを話したいの」

ヤランドララが不意にそう言った。

話の流れを切る強引な切り替えだ……ヤランドララらしくない。

ヤランドララの目は葉牡丹と虎姫に向けられている。

「妾達に関係のあることなのか？」

虎姫が言った。

「分からない。ただ名前が同じだけということかもしれない」

「名前ですか……？」

葉牡丹は首を傾げている。

葉牡丹の交友関係はゾルタンで知り合った人々を除けば、非常に狭い。

というかアヴァロン大陸西側に知り合いはいないはずだ。

「私がハーモン達と出会ったのは、先代勇者の墓の調査をしていた時のことよ」

「先代勇者の墓⁉」

ルーティの1つ前の先代勇者の最期は不明のはずだ。

魔王を倒してから、仲間の『賢者』リリスが勇者の幼い息子を連れてガイアポリス王国を建国するまでの間に歴史の闇へ消えてしまっている。

「先代勇者の墓を作ったのは『賢者』リリス。誰にも見つからないよう魔法で隠していたわ」

「……なるほどな」

疑問は尽きない。

だが、今は飲み込もう。

ヤランドラが伝えたいのは歴史のことではなく今のことだ。

「そして、ハーモン達は勇者の遺産を探していて……ハーモン達と呼ぶのは正確ではないわね。ハーモンは彼らに誘われて同行していただけで、勇者の遺産を探していたわけじゃないから」

「そのハーモンと一緒にいた彼らが問題なのか」

「といっても、具体的に何か悪いことをしていたというわけじゃないのよ。ただ名前と実力が一致しているだけのことで、私の思い過ごしかもしれないわ」

「随分もったいぶった言い方をするな。妾とお前の付き合いは短いが、お前はそのような言い方をするタイプではないはずだ」

虎姫が急かすように机を指で叩きながら言った。

ヤランドララは一度呼吸を整える。

彼女にこんな反応をさせるなんて、一体何と出会ったんだ？

「繰り返すけど何も確証はないの、だから冷静に判断してね」

「くどいぞ」

「ごめんなさい……ハーモンと一緒にいたのは人間の姿をした剣士が2人。かなりの使い手だったわ、こんな実力者が埋もれていたなんてちょっと信じられないくらい」

「ヤランドララにそう言わせるくらいの実力か」

「『賢者』リリスが改造した、強力な墓守の巨人達を圧倒するほどだった。見た印象としては私より強い、あの『武闘家』ダナンに匹敵する。それでもまだ本気は出していないように見えた」

「本気を出していない状態でダナンに匹敵する？　にわかには信じられないな」

俺は唸(うな)った。

ルーティを除けば、人類で最強はダナンだ。

魔王軍との戦争に参加していないSランク冒険者の英雄達と比較しても、白兵戦での戦闘能力という点においてダナンを超える者はいないだろう。

「そして、彼らが名乗った名前は……タラクスンとビュウイ」

「何だと!?」

虎姫と葉牡丹は驚いて立ち上がった。

タラクスンは魔王の名前。

そして……ビュウイという名前も俺とリットは知っている。

「シサンダン……！」

リットの表情が変わった。

「シサンダンというと、タラクスンの直属の将軍か？　北の要所であるロガーヴィア公国攻略に失敗し、前線を離れたと聞いていたが」

虎姫が言った。

どうやら魔王軍内での扱いはそういうことになっていたようだ。

アヴァロン大陸侵略軍における最上位の指揮官である四天王の虎姫にすら、ゾルタンでの任務のことは伝えられていなかった。

もし、アスラとデーモンの反目がなく、指揮系統が効率的だったなら人類は敗北していたかもしれない。

「シサンダンはこのゾルタンに潜入していたんだ。その時の姿がビュウイという名前の青年だった」

「当時ゾルタンは、コントラクトデーモンと契約していたビッグホークという男が裏社会を牛耳っていた。シサンダンはあいつの陰謀打破に力を貸し、冒険者ビュウイとして振る舞っていたの……私も騙された」

リットは悔しさをにじませながら言った。

シサンダンはリットの師匠であるロガーヴィア近衛兵隊隊長のガイウスを殺し、成り代わっていた仇だ。

ゾルタンでも倒したが、虎姫が来るまでアスラの蘇りを防ぐ手段はなかった。

だが今なら……。

「落ち着いて、今は冷静に情報を整理するべき」

ルーティが静かだが力強い声で言った。

「ルーティの言う通りだ、俺も少し動揺してしまった」

「そうだな……」

ルーティの言葉にうなずきつつも、まだ虎姫の動揺は残っている。

暗黒大陸に君臨していたデーモン種の魔王を倒して成り代わった魔王タラクスン。

俺達の旅は魔王と戦うところまでいかなかったが……戦ってきた強敵達が、それらを統べる魔王という存在がどれほど強大かを物語っていた。

そして魔王タラクスンと直接対峙したことのある虎姫は、より正確に脅威を理解しているのだ。

「私が見たのは、タラクスンとビュウイという名前の剣士が勇者の遺産を探していたということだけ。少なくともその冒険で、2人が邪悪な行いをしている様子はなかった。ハーモンも、悪いことに手を貸すような人じゃないでしょ？」

「ああ、勇敢で優しい人だよ」

「旅をしていた間は、魔王としての振る舞いはしていないと思う。念のため野営中にハーモンに精神操作の魔法がかかっていないか調べたけれど、それも無かった」

「なぜタラクスン達は、ただの兵士であるハーモンさんを同行させていたのでしょう」

ティセが疑問を口にした。

「土地勘のある仲間が欲しかったのでしょうか？」

「私が見た印象では、裏表無く仲間としてただ頼りにしている印象だったわ」

「魔王がですか？」

「人間の姿で戦うから本領は発揮できないのだと思うけど、ハーモンはとても優れた兵士よ」

　ゾルタンに帰ってきたハーモンが戦っているところを俺達は見たことがない。

　戦いから離れた生活を送っているのだから仕方がない。

　だが収穫祭の時に見せたあの胆力ならば、英雄の戦いで役割を持つことができてもおかしくない。

「そのハーモンとやらから話を聞かねばならんな」

「本当に魔王だとしたら、ハーモンにボロを出すようなミスはしないだろう」

「いくら魔王とはいえ、妾と葉牡丹がここに隠れ住んでいるとは思っていないはずだ。人間なら気がつかぬ隙も、妾なら気がつけるかもしれん」

「そうだな……今度ハーモンが来た時は虎姫達も一緒に話をしようか」

「よろしく頼む」

　虎姫が魔王軍関係者だとバレないようにしないとな。

　虎姫は大丈夫だと思うが……俺は葉牡丹の顔をちらりと見た。

「葉牡丹は今、病床にいるミンクの看病を務めているのだったな」

「はい！」

「ハーモンから情報を得るのは妾とレッドがいれば十分だろう、葉牡丹は引き続きミンクの看病と病気の特徴の記録を頼む」

「はい！　……病気の特徴の記録ですか？」

「ああ、可能性は低いがゾルタンには我々を追ってきた魔王軍の兵士達が来たことがある。奴らが暗黒大陸の病気を運んだのなら、我々の知識が役に立つかもしれない」

「な、なるほど！」

「そのためにも今ゾルタンを襲っている病気について、症状や傾向を記録することが大切だ、頼むぞ葉牡丹」

「はい!!」

葉牡丹は使命の重大さに気合いが入ったようだが……これは魔王についての情報収集から葉牡丹を遠ざける方便だな。

賢明な判断だろう。

「楽しいパーティーでこんな話をしてごめんね。でもこのままの空気で終わるのは嫌だから、ワインをもう一本開けましょう？　もちろんジュースもね！」

ヤランドララはそう言ってこの話を終わりにした。

たしかに、今はヤランドララが帰ってきてくれたことを喜ぶ時間だ。

「よし、パーティーが落ち着いた頃にぴったりな、優しい口当たりのワインがあるから持ってくるよ」

俺は立ち上がる。

ちょっと高いワインだが、今日くらいいいだろう。

また楽しい時間を思い出せるのなら安いもんだ。

＊　＊　＊

翌日、朝。

俺とヤランドララと葉牡丹はモグリムの店へと向かっていた。

「あ、あの人、例の病気で寝込んでいた人だよ」

店の外に並べた棚に安価な外套を置いている中年の男がいる。

オフラーのお店に置いてあるような服と違って肌触りは悪そうだが、何より安いのは魅力的な要素だ。

「良かった、ちゃんと病気は治るのね」

ヤランドララがほっとしたように呟いた。

昨日のうちに俺から説明はしたが、実際に治った人を見て安心したのだろう。

「おはよう、ストラウブさん」

「ああ、レッドじゃないか、おはようさん」

ストラウブは少しやつれたようだが顔色は良い。

「もう体調は良いのかい？」

「ああ、レッドの薬がよく効いたよ」

「あの薬は症状を和らげるだけだよ、ストラウブさんがあまりお酒も飲まず普段から健康に生きてきたのが一番の薬だ」

「そうかい？　たしかに俺は病気をしたのなんて久しぶりだから驚いたよ」

ストラウブの加護は『武闘家』。

加護を活かした生き方はしていないが、肉体は頑丈だ。

『武闘家』の加護による自分の肉体を大事にしたいという緩やかな衝動も、健康に寄与しているのだろう。

「見たところ後遺症はなさそうだけど、何か気になるところはあるかい？」

「いや特にはないよ、それよりも今日の寒さの方が辛いくらいだ」

ストラウブはそう言って寒そうに両手をすり合わせていた。

＊　＊　＊

モグリムの店はまだ閉まっていた。

ミンクさんが治るまでは営業時間を短縮するようだ。

「対病結界（レジストデイジーズ）」

　ヤランドララの魔法が俺達3人を包んだ。

「念のためね」

「拙者は加護で完全耐性があるので大丈夫ですが、レッドさんは気をつけた方がいいですものね」

「ヤランドララから借りた耳飾りはあるが、未知の病気かもしれないから助かるよ」

　ヤランドララの結界があれば安心だ。

　これで診察に集中できるな。

　それから、葉牡丹さん、葉牡丹が店の扉をノックした。

「モグリムさん、葉牡丹です。手伝いに来ました！」

「おお！　よく来てくれた!!」

　ドタドタと店の奥から足音がして扉が開いた。

「なんじゃあ、レッドにハイエルフじゃないか」

「おはようモグリム、ミンクさんのお見舞いに来たよ」

「ミンクは大丈夫なの？」

「昨日より辛そうだ……代わってやれるなら代わってやりたい。なぁ、何かいい薬はないのか？」

モグリムはしょんぼりしている。

愛妻家のモグリムには、奥さんが病気で苦しんでいる様子が辛くて仕方がないのだろう。

「今回の病気に特効薬はないいんだ。症状を和らげ自力で治るまで体力を保つしかないんだ」

「うぅ……！」

モグリムは悔しそうに唸っている。

「とにかく表で話すより中で話そう。ミンクさんの様子も気になる」

「そうだな！　ワシを呼ぶのに大きな声を出させるわけにはいかん!!」

俺達は外套を脱ぎ、モグリムと一緒にミンクさんが横になっている部屋へと移動した。

「ミンク、入るぞ」

モグリムは普段聞いたことのない優しい声で、そう声をかけるとドアを開けた。

「あぁ……葉牡丹ちゃん、今日も来てくれたんだね」

「はい！　今日も手伝いに来ました！」

ベッドから体を起こそうとしたミンクさんを葉牡丹がやんわり止めた。

思ったより、ずいぶん辛そうだな……。

「それにレッドに……ああ、ヤランドララじゃないか。昨日帰ってきたばかりなのに私のところに来てくれたのね」

この鍛冶屋の店員としてミンクさんは人を見るのに慣れているはずだ。

　しかし今、一緒に入ってきた俺達を見て、葉牡丹を認識してからワンテンポ遅れて俺とヤランドララもいることを認識した。

　普段のミンクさんなら考えられない、それだけ病気で消耗しているのだ。

「おはようミンク、あなたが病気で寝込んでいると聞いた時は心配したわ」

「はは……まったくうちのは大げさなのよ」

　笑いに力がない。

　俺とヤランドララは元気づけるよう話をしながらミンクさんの横たわっているベッドの隣に座り、脈拍や熱を調べる。

「口の中を診てもいいかしら？」

　ミンクさんがうなずいたのを確認してから、ヤランドララはミンクさんの口の中を診察した。

「腫れてるわね、風邪でよくある症状だけど……」

「熱が高いな、風邪が悪化した時に近い症状だが」

　俺は加護に触れ、応急手当スキルマスタリー〝場当たり的な神医〟を発動する。

　体の異常の原因は分からないが、今生命を脅かしている症状を緩和する方法が分かるというマスタリースキル。

　本物の医者が到着するまで命を繋げるという目的のスキルだが、必要な薬の見極めから病気の原因を知識の範囲で推察するのにも使える。

「解熱剤と……二日酔いの薬？」

「「え？」」

俺の発した予想外の言葉に、ヤランドララとモグリムが戸惑いの声を漏らした。

「二日酔いって、とてもそんな状況には見えないけれど」

「いや分かっている、でもスキルによる結果だから間違えるはずが……」

〝場当たり的な神医〟は俺の知っている薬や応急処置の中から最適なものを選び出す。

俺の知識の中に該当する薬がなく、対処法が痛み止めの薬しか出てこない可能性はあっても、効果のない薬が選ばれることはない。

「……少し考えさせてくれ」

二日酔いの薬？

二日酔いの薬にも色々あるが、その中でも水霊草（すいれいそう）という水草を材料にした薬だ。

当然、二日酔いを早く治すために使われる薬である。

二日酔いの頭痛にも効果があるが、これは体の中の水の流れに作用して酒の毒を外に排出する効能によるものだ。

だから、風邪には効果はない。

むしろ、この薬を飲むと水の流れを良くするためトイレが近くなり風邪の時は脱水症状に注意しなくてはならず、あまり推奨されない薬だ。

まぁ、ちゃんと水を飲めばいいだけの話だが。

「……水か」

「レッド？」

思い当たった。

「ミンクさん、意識が朦朧とすることはあったか？　あるいは考えるのが辛いとか」

「そりゃ、これだけ熱が出ていれば頭がぼーっとすることはあるよ」

「モグリムや薬牡丹は気がついたことはないか？」

「うーん、たしかに昨晩からうわの空というか、会話が続かないことが多かったのう」

「はい、それは拙者も感じました」

「……そうだったかねぇ」

ミンクさんは不安で表情を曇らせた。

思考を司る部分に不調があるとなれば不安にもなるだろう。

だが、これは喜ばしいことだ。

治療法が分からないことが一番恐ろしいのだから。

「レッド、一体どういうことなの？」

「この病気は脳炎を引き起こすようだ。そのせいで今のミンクさんは、頭の水の流れが悪くなって淀んでいる状態なんだと思う」

「脳炎⁉」

「だから〝場当たり的な神医〟で二日酔いの薬が効くと判断されたんだ。頭の水の流れを改善して、脳へのダメージを抑えることが必要だ」

「二日酔いの薬ならレッドの店で買ったのがあるぞ！」

モグリムが部屋の外へ飛び出した。

「二日酔いの薬ならなんでもいいわけじゃない、俺にも確認させてくれ」

俺も後を追う。

「やっぱりレッドはすごいわね」

後ろでヤランドララがそう呟いたのが聞こえた。

脳炎の診断は『医者』などの病気を専門とする特別な加護の固有スキルが必要で、その中でも戦闘に関係のないものを取らなければならない。

『医者』の加護持ちであっても通常取るようなスキルでは、脳炎はもっと重症になって、意識の錯乱や感覚障害が起こってからようやく分かるという場合がほとんどだ。

今回は幸運だった。

ルーティとの旅のために身に付けた知識が、今の俺の友人を助ける力になる。

それはとても嬉しいことだ。

山に行く前にニューマン先生にも情報を共有しておこう。

＊　　＊　　＊

モグリムの店を出て、俺とヤランドラが山の麓に到着した頃にはお昼が過ぎていた。

「そうだ、山に入る前に麓の村に寄っていこう」

「村に？」

「ああ、ゾルタンで流行っている病気が、周辺の村にも及んでいるのか確認しておきたいんだ」

俺がよく薬草を採りに来るこの山の麓には村がある。

周囲に湿地帯が広がるゾルタンへ木材を供給する小さな村で、木こり達が住んでいる。

山に入る冒険者向けの宿もあるが、山で野営する俺は滅多に利用しない。

栄えているとは言えないが、堅実に暮らしている平和な村だ。

「その割には少し騒がしいわね」

村の入口まで来た俺達は様子を見るために立ち止まった。

ヤランドラの言う通り、村には物々しい雰囲気がある。

モンスターでも出たのだろうか？

「止まってくれ！」

村に入ろうとした俺達を呼び止める声が聞こえた。

「あ、レッドさんじゃないか」

「ずいぶん物々しい様子だけど、何かあったのか？」

「久しぶりに来てもらったのに悪いがもう5歩離れてくれ。この村では病気が流行っているんだ、近づいちゃだめだ」

「病気か！　俺は薬屋だ、患者を診せてくれれば何か力になれるかもしれない！」

「それなら大丈夫だ、旅の剣士様が治療法を教えてくれた。あとはこの村から病人がいなくなるまで外の人間を村に入れなければ終わりなんだ！」

旅の剣士が治療法を教えた？

「待ってくれ、ゾルタンで流行っている病気と同じかもしれないし詳しく聞かせて欲しい！」

「治療が終わるまでだめだ！　そう剣士様に教えられたんだ！　さぁ、早く帰ってくれ！この距離でも本当に病気がうつらないか分からないだろ！」

村人は強い口調で言った。

あの様子では、俺達は魔法による病気対策があると言っても信じてもらえないだろう。

実際に、その旅の剣士が治療法をもたらしたのだとしたらその剣士の指示を優先するのは当然か……。

少なくとも目に見えて効果のある治療法をもたらしたのは間違い無さそうだ。

「分かった、病気が収まったころにまた来る」

「ああ、すまないな」

俺達は諦めて立ち去ることにした。

＊　＊　＊

「ヤランドララ、村の様子はどうだった？」

村から十分に離れたところで、俺はヤランドララにそう聞いた。

植物の力を借りるヤランドララなら、この自然豊富な土地で村人に気づかれず村の様子を探ることなんて簡単なのだ。

「病気で寝ている人が４人いたわ。詳しくは確認できなかったけど症状もゾルタンで流行っている病気と同じものだと思う。ただ重症の人はいなかったわね……あの村には優秀な薬師がいるの？」

「いや、木こり達が山の薬草をそのまま使うくらいで、薬師はいなかったはずだ」

「だとしたら奇妙だわ……これ」

ヤランドララは木の葉に包まれた灰色の粉を俺に渡した。

「一摘みだけ拝借してきたわ。素人に作れる薬じゃなさそうでしょ？」

「薬を解析するスキルなんて俺には無いから効能は分からないが、調合技術のある者が作った薬なのは間違いない」

薬草を潰して混ぜただけではこうならない。

加護の固有スキルか専門的な知識が必要だ。

「話にあった旅の剣士が持ち込んだ薬で間違いないと思う」

俺とヤランドララですら知らなかった病気の治療法を知っている旅の剣士がたまたま、しかもゾルタンと隣国を結ぶ街道からも離れたこの村に現れた……不自然だ。

「冒険者ギルドに報告しておくか。ガラティンなら上手く対応してくれるだろう」

冒険者ギルド幹部のガラティンは優秀な人物だ。

病気に対応できる加護持ちでチームを組んで調査するはずだ。

「この薬の調査もゾルタンに帰ってからだな。ニューマン先生に渡して調べてもらおう」

ここで暮らしてきた俺は、そのことをよく知っている。

ゾルタンにも優秀な人はいる。

……今、俺ができることは、こんなところか。

「よし、あとのことはゾルタンの人達に任せて俺達は薬屋としてやるべきことをやろう」

「そうね……旅の話も伝えないと、私が旅に出ていた理由だものね」

そうだ、病気のことも気になるがルーティに宿った『シン』という加護の正体。

その一端をヤランドララは持ち帰ったのだ。

＊　＊　＊

1時間ほど山を進み、薬草が多く茂るエリアに到着した。

「ここらへんはキマイラが生息しているから……まぁヤランドララなら何の問題もないと思うが、一応気をつけてくれ」

「そういえばこの近くに古代エルフ……いえ、古代人の遺跡があるのよね。何だかもう懐かしいわ」

あの日、ヤランドララも、『勇者』ヴァンの体を加護を通じて乗っ取ったデミス神と対峙している。

「まさか私が何もできずに倒されるなんてね」

「俺も一撃防御しただけで天井に叩きつけられて戦闘不能になったよ、神様ってのは強いんだな」

「そりゃそうでしょ」

俺達は顔を見合わせて笑った。

あの絶望的な戦いも、今はこうして思い出になっている。

「デミス神に一太刀浴びせるレッドの勇姿、気絶していて見損ねたなんて残念だわ」

「あんな状況、二度と遭遇したくないけどな」

今冷静に考えると、加護を封じれば俺にも聖剣の力が使えるなんて希望的観測にすがって戦ったなんてゾッとする。

「そのおかげで初代勇者と話すことができたんだ……不思議な体験だったな」

初代勇者は言った。

『シン』とは、真の魔王である人の力の一端だと。

初代勇者であるアスラは、人の力に挑んだのだ。

「『勇者』の加護が作られる前に、本当の勇者が挑んだ『魔王』の加護とは別の本物の魔王……今の善の『勇者』と悪の『魔王』の戦いは、デミス神が作った茶番というわけか」

「そうね、薬草を探す前に休憩がてら私が知ったことの話をしましょうか」

「ああ、それなら先に野営の準備をしてしまおうか」

今回は明日の正午あたりまでかけて十分な薬草を採取する予定だ。

ヤランドララの協力があれば、かなりの量が集まるだろう。

今回の野営は1人で山に来ていた時に使っていた小型テントで済ます。

荷物を置くスペースも無いほど狭いが、空から降る雨や地面から這(は)い上がってくる虫を防ぐことはできる。

冬の寒さは雪が降るほどではなく、寝袋があれば問題ない。

「周囲に人の気配はないわ」

ヤランドララが言った。

キマイラの生息地であるこの辺りには冒険者も近寄らない。

ここなら『シン』の話を誰かに聞かれる心配はないだろう。

俺達は手を動かしたまま、話を始めた。

「『シン』について何か分かったのか？」

「ええ、後に先代勇者の妻となる『賢者』リリスは、『魔王』を倒す旅をしながら『勇者』と『魔王』の加護について調べていた。魔王討伐後は勇者の息子を担ぎ、実質的に世界を支配した彼女は、やはりずば抜けた知能を持つ傑物だったわ」

先代魔王との戦争によって、アヴァロン大陸の国々は滅んだ。

『賢者』リリスは、その混乱を利用して、人間が統治した最初の王国であるガイアポリス王国を建国した英雄だ。

名目上の王は先代勇者とリリスとの間に生まれた息子だが、実際に政治を行っていたのはリリス。

魔王のいなくなった世界を支配した女性だ。

「リリスは古代人の歴史も知っていたわ。ゾルタンに本物の聖剣が眠っていることも記録していた」

「すごいな……でもそれらの情報は表立っては残さなかったんだな」

「残さなかったどころか、先代勇者の亡骸と一緒に封印していたわ」

「他の誰かが知るべきではない情報だと判断したのか」

野営の準備はすぐに終わった。

ここで過ごすのは一晩なので野営装置も最小限だ。

俺達は地面に座り、お茶の入った水筒と保存食のクッキーを取り出しながら話を続けた。

「それでリリスが封印した知識とは一体何なんだ」

「レッドも知っている通り初代勇者の正体は加護を持たないアスラだった。『勇者』とは死んだ初代勇者の魂をデミス神が捕らえて加工したものよ」

「ああ、それは聖剣を手にした時に、初代勇者から教えてもらったよ」

「リリスの研究成果と初代勇者の言葉が同じなのだから、これから話す内容も信憑性が高いということよね」

「そうだな……」

ヤランドララは話すべきか、まだ少し躊躇しているようだ。

「デミス神は初代勇者の魂が到達した〝光〟へ、他の魂も到達させようとした。初代勇者の生き方を再現すれば、同じように歴代勇者達の魂も〝光〟へ到達できると考えた」

「そんなことのために、世界中を何度も巻き込む戦争を起こしてきたんだよな」

やはり俺はデミス神のことが好きになれない。

「私もよ」

ヤランドララはそう言って、クッキーを1枚食べた。

俺は息を吐き出すと、いつの間にか握りしめていた拳からゆっくり力を抜いた。

「さて、『勇者』が初代勇者の模倣なら、『魔王』はどこから来たのか……レッドは分かる？」

「素直に考えるなら、初代勇者が戦った魔王……『シン』の力を持った人間の模倣が『魔王』ということだと考えられるが」

正確には、『シン』は魔王の力の一端だと初代勇者は言っていた。

『シン』以外にも、魔王となる条件はあるのだろう。

「素直に考えたらそうなるわよね。でも『魔王』は、魔王とはあえて別物として作られたというのがリリスの結論だった」

「別物……？　『勇者』が初代勇者の人生の再現を目指すなら、その仇敵（きゅうてき）たる『魔王』も魔王と同じような存在にしないと再現にならないんじゃないか？」

「その通りよね。初代勇者の人生の再現としては、『魔王』も再現された悪でないといけないはず。でもデミス神はそうしなかった……それはなぜ？」

「魔王を再現できなかったのか？　もしくは魔王が強すぎて『勇者』が敗北する可能性が高すぎるとか？」

「いいえ。リリス曰く、理論的にデミス神は自分の作った世界において全能のはず。『勇者』の敵となる程度に弱体化した魔王を再現することもできるわ」

「だとすると……」

俺はルーティから聞いた、シサンダンの言葉を思い出した。

『皮肉なものだな。このような事態を防ぐための加護が、逆に加護に耐えうるほどの精神を作り上げるとは』

アスラは転生によって実質不老不死の存在だ。

魔王が支配していた時も、初代勇者が勝利し神に捕らえられた時も、勇者が『勇者』へと捻じ曲げられてしまった時も、すべて当事者として見聞きしてきた。

当事者だから正しいことを言っているとは限らないが、意味のある言葉だったはずだ。

「加護が魔王を再現することで、本物の魔王が生まれることを恐れたから？」

「さすがレッドね。リリスの推論もそう結論付けていたわ」

魔王という存在が、創造神にして至高神であるデミスですら脅威だと認識する存在だとしたら、再現しなかった理由にも説明がつく。

「勇者の伝説においてデミス神は加護を用意するだけで善悪の戦いに介入しない。その唯一の例外が神・降魔の聖剣（セイクリッド・アベンジャー）を初代勇者に与えたこと。神に悪の役割を与えられたデーモン達とは一線を画す、唯一の神に比類する究極の悪が本物の魔王なの」

「……魔王は人から生まれるモノだと初代勇者は言っていたが、人が神を超えられるなんてありえるのか？」

「うーん……もちろん、それは私にも分からないわ。加護がなければここにいるキマイラにも勝てない人間が、どうやったら神を超えられるのかなんて、私達の知識では不可能と言うしかない。でも、歴史はそうだと言っているのよ」

以前、俺は初代勇者の力を借りてデミス神と戦った。

あれだってデミス神は、ヴァンの身体を借りて、『勇者』の加護とヴァンの肉体でできる範囲でしか能力を発揮していない。

俺は神に一矢報いたと言えるが、デミス神にとっては指先に針が刺さった程度のダメージしか届いていないはずだ。

「いや、今は余計な思考だな。大切なのはルーティについてだ」

今聞いているのは世界を変えるような真実。

だが、俺達にとって重要なのは、『シン』に目覚めたルーティについて。

「……本題ね」

ヤランドララはふぅと息を吐いた……表情が重い。

「魔王とは人の心から生まれるもの……魔王とはね、人間性なの」

「魔王とは人間性？」

「『勇者』の加護が人間性を奪うのだから、その反対の魔王とは人間性そのもの。ルーティの場合は、大切な人であるあなたを奪われた怒りから覚醒したんだと思う」

「怒りだとしても、それは人を愛するがゆえの感情だろう。俺には悪の感情だと思えない」

「そうね、問題はそこなの」

「ルーティを魔王から遠ざけるということは、人間から遠ざけるということなのか」

だからヤランドララは話すのを躊躇していたのだ。

だとしたら……俺にできることは何もない。

それは、ルーティがようやく手に入れた幸せを奪うということ。

そんなことできないし、ルーティから幸せを奪おうとする者を俺は許さない。

「そう、それが私の結論なの。私達はルーティを信じること以外何もできない」

ヤランドララはそう言った。

そうか……だから初代勇者は自分が戦った脅威である『シン』について、俺に対策しろではなく、恐れるなと言ってくれたのか。

「……だったら心配ないな。今のルーティの周りには、ルーティと一緒に笑ってくれる友達がたくさんいる。あの幸せな景色から魔王が生まれるはずがない」

「そうよね」

俺の言葉に、ヤランドララも気持ちを切り替えて明るく笑った。

結局は今までと変わらない。

ルーティは自分の望むままに、このゾルタンで幸せな日常(スローライフ)を送る。

誰にも文句は言わせない。

『勇者よ、幸せに生きろ』

初代勇者が俺に残してくれた言葉だ。

その意味と温かさを、俺は今あらためて理解したのだった。

＊　＊　＊

休憩を終え、俺とヤランドララは手分けして薬草を採取することにした。

「うん、やはりここは薬草が豊富だな」

ゾルタンの周辺にはかつてウッドエルフが住んでいた。

この山はウッドエルフが土壌改良を行ったり、有用な植物を持ち込んだりしており、ウッドエルフ達が滅んだ後も入植した人間達は恩恵を受けてきた。

「でもウッドエルフは古代人の遺跡を嫌っているし、この遺跡は聖剣が封印されているとして隠そうとしていたのに、この辺りの土壌も改良したのか？」

歴史の話をしていたせいか、普段気にならないことが気になった。

この辺りの土壌をウッドエルフ達が改良したとしたら、ここにウッドエルフの農地があったということになる。

農地といっても人間とは違い、森は森のままに必要な農作物を育てられるというのがウッドエルフの農地だ。もしかすると自然の雨と風に任せて日々の世話も必要ないのかもしれない。

だが、作付けと収穫のためには直接作業が必要なはずだ。

……隠している遺跡の近くに農地を作るだろうか？

「いやまぁ実際にこうして良い薬草が採れるんだから、おかしいと思っても仕方ないんだけどな」

ウッドエルフに会ったこともない俺が考えても分かることではないか。

まったく、やはり俺は少し動揺しているのだろう。

こういう時に関係のないことを思考してしまうのが俺の癖だ。

「そういえば去年は無かった花が咲いているんだよな……なんだろうこの桃色の花？　まぁ数年置きに咲く花もあるというし、他の植物を駆逐するほど咲いているわけじゃない。

気にすることではないか？」

秋の間に少しずつ増えていった花だ。

冬になれば枯れるかと思っていたが、弱っている様子はない。

「知らない花なんだよな。〝生存術〟のスキルによれば毒はないが食べられない。他の花と似たような情報しか分からないが……」

俺は花びらをめくって裏を見る。

「これも小さなカビのようなものが付着している」

この花の特徴はこれだ。

例外なくカビのような小さな粒が花びらの裏側に付着している。

花粉ではないのは間違いないのだが、コモンスキルしか使えない俺ではカビについて調べることはできない。

「ここの薬草は集め終わったな……少し移動するか」

北東の方向へ少し歩く。

方角で言えば山を登っているはずなのに下りになっている。

〝生存術〟のスキルで方角や大体の位置が分かるからいいが、加護のスキルなしで不用意に山を歩けばすぐに迷ってしまうだろうな。

「ん？」

気配がした。

こちらを窺う何かがいる。

俺は腰に佩いた銅の剣の柄に手をかけた。

「……なんだお前か」

のそりと大きな影が森の中から顔を出した。

ライオンの体の両肩に山羊と竜の頭を備えた不条理のモンスター、キマイラだ。

あいつは俺が薬草を採っていると、よく近くで見物しているやつだ。

たまに薬草が生えている場所を教えてくれたり、休憩の時は俺がお手玉や手品を披露すると目を丸くして驚いたりして、ちょっと変わった性格をしている。

だが今日はいつもと様子が違う。

「何かあったのか？」

キマイラの6つの目には懇願する色がある、それも深刻な。

キマイラは俺の側へ歩いてくると俺の背中をそっと押した。

「来て欲しいところがあるのか？」

「メェエ」

山羊の頭が弱々しく鳴いた。

どうやら重大な問題が起きて助けを必要としているようだ。

「分かった、すぐに行こう」

俺が走るとキマイラが先導するように前に飛び出した。

木々の間を走り抜けること10分ほど……キマイラが助けを必要とした理由が見つかった。

「ぐるる……」

茂みに隠れるように傷ついたキマイラが横たわっている。

「怪我(けが)しているのか……これは刀傷だな」

ゴブリンなど剣を使うモンスターもいるが……おそらくは冒険者によるものか。

キマイラは人間を襲うモンスターだ。

俺が襲われなくなったのは、一度戦って何体もキマイラを斬って実力差を示したから。

このキマイラから冒険者を襲ったのかもしれないし、そうでなくてもキマイラを見かけた冒険者が先制攻撃を仕掛けるのはおかしなことじゃない。

キマイラの生命力なら、手持ちのポーションで十分治療できるはずだ。

しかし、人間を襲うモンスターを助けるべきか……。

「ほら、このポーションを飲むといい」

俺はポーチから取り出した小瓶をキマイラの口に近づけゆっくり飲ませた。

「がう……！」

俺を連れてきたキマイラの竜の頭が嬉(うれ)しそうに唸(うな)った。

「気にするな……恋人なんだろ？」

「がうがう！」

キマイラはこの縄張りから遠く離れたりはしない。

麓の村に被害が出る可能性はゼロだ。

被害が出るとしたらここに来た冒険者くらい……しかし、多くのキマイラが住んでいるこの場所で、１体のキマイラを助けたところで影響は少ないだろう。

何より……恋人のため勇気を出して俺に助けを求めたキマイラが、今嬉しそうに恋人に寄り添っている姿を見たら……俺は助けてよかったと心から思えた。

「ほぉ、モンスターを助けるか」

「誰だ!!」

およそ20歩離れたところに男が立っていた。

黒髪で精悍（せいかん）な顔立ちをしたたくましい男だ。

腰には緩やかに湾曲した曲刀を差している。

おそらくヒスイ王国の刀剣の影響を受けた刀だろう。

……声をかけられるまで気配を感じ取れなかった。

「グルルル……!!」

キマイラは威嚇しながら後ずさっている。

「そうか、このキマイラと戦ったのはあんたか」

俺はキマイラを庇うように、両者の間に立った。

「もうキマイラに戦う意思はない、見逃してやってくれないか」

「キマイラは財宝を集めるようなモンスターではない。倒したところで得るものは薄いが
……なぜそのキマイラを庇う？　平和主義などこの世界では流行らないぞ」

「助けを求められたからだ」

この剣士……強いな。

加護はまだ特定できないが、ダナンと向き合っている時のような威圧感がある。

剣士は俺の顔をじっと見ている。

両腕はだらりと無防備に下がっているが、あの刀は抜刀に向いている。

同時に抜いたら俺の方が不利だな。

「どけと言ったらどうする？」

「困る」

「ふふ……」

剣士が跳んだ。

疾風迅雷の抜刀が俺へと迫る。

ガキィン!!!!!!

金属音が山に響いた。

「おおっ！」

剣士の顔に感嘆の表情が浮かんだ。

やつの必殺の刃は、銅の剣の柄と鍔の間に食い止められていた。

バハムート騎士団流十字鍔返し。

刀身を掴み、柄を相手に向けるようにして、十字になっている柄と鍔の間で相手の剣を受ける技。

抜刀速度の差を、剣の動きを最短にすることで埋めたのだ。

「見事！」

剣士は大きな声でそう言った。

「いや、すまなかった。君がずいぶん腕の立ちそうな佇まいをしているものだから、つい試したくなったんだ」

「そりゃどうも」

とんでもなく速い打ち込みだったな……背筋が寒くなった。

斬り掛かってきた当人は白い歯を見せて嬉しそうに笑っているが……斬り掛かられたこっちからしたら迷惑極まりない。

こういうタイプの剣士はたまにいるが、弾みで相手を殺してしまった時はどういう顔をするんだろうか。

……しまったなぁと苦笑いで済ませそうな気がするな。

「ここまでやったんだ、剣を引いてくれるな？」

「いいだろう、ここは君の顔を立ててキマイラ達のことは見逃すことにしよう」

お互い同時に剣を鞘に納める。

俺がうなずくと、キマイラ達は俊敏な動きで山の奥へと逃げていった。

「ふぅ」

俺は息を吐き出した。

またとんでもない腕前の剣士と遭遇したものだ。

一体何者だ？

「こんな山奥で君のような勇気ある者と巡り合うとは、今日は良い日だな！」

「こっちはいきなり斬り掛かられて災難な日だよ」

関わると面倒なことになる予感がしているのだが、こんな剣士が意味もなく辺境の山奥を歩いているわけがない。

「俺はゾルタンの薬屋で薬を作るのに使う薬草を集めに来たんだが、そちらは人里離れた山奥で一体何をしていたんだ？」

「麓の村で流行っている病気の原因の調査をしていたところでな」

「やはりあなたが、麓の村人が言っていた旅の剣士か」

「村へ立ち寄ったのか？」

「いや、入口で追い返されたよ。旅の剣士が治療法を知っていて教えてもらったという話を聞いただけだ」

「そうか、だが話を聞いているなら話が早い。今この山では厄介な病気が解き放たれつつある。ここで食い止めなければならない」

「食い止める？　そんな方法があるのか？」

それに山から解き放たれるという言い方をしたな。

病気の原因はこの山にあるのか？

「薬屋なら病気についても詳しそうだな」

「本職の医者ほどじゃない、加護も薬とは関係のないものだ」

「ふん」

剣士は、何故(なぜ)か一瞬不機嫌そうな表情を見せた。

「君と剣を交えた私には君の優秀さが分かる。あれほどの剣が使えるなら、薬屋としても優秀だろうさ」

「剣の腕と薬屋としての腕に関係があるのか？」

「心の在り方だよ」

奇妙な男だ。

こちらは剣を交えても、まだ相手の加護が特定できていないというのに。

「……ありがとう、ならば薬屋として質問したいのだが」

「ああ、構わないぞ」

「病気と対処法について教えてもらってもいいか？　あの病気は他の村でも流行っているんだ、麓の村を封鎖したところで流行は止められない」

「把握している。特効薬はあるが量がない」

「製法は？」

「材料にすでに絶滅している植物が含まれる。乾燥させたものが遺跡に保管されていることもあるが、患者全員に配布するのは現実的ではない」

「そんな貴重な薬を村人に分け与えてくれたのか！」

「私は健康で、彼らは病気だった……当然だろう？」

剣士は堂々とそう言った。

「薬の話を続ける前に、この病気の正体についても話した方が分かりやすいだろう」

「ああ、教えて欲しい。俺も診たがあの病気は初めてだった」

「あれは古代の病気だ、知らなくて当然だ」

「古代の病気だって？」

「この山には古代遺跡があるのだろう？　その中に保管されていた病気が、何らかの要因で外に漏れてしまったのだろう」

古代人の遺跡は、デミス神との戦いですべてのエネルギーを使い切って機能を停止したはずだ。

それが原因だったのか……だが、戦いがあったのは半年以上前のことだ。

どうして、今になって病気が現れたんだ？

「もしかして、桃色の花が原因なのか？」

「御名答！　素晴らしい推察能力だ！」

剣士はまた大きな声を出した。

「この花は〝アスラの王冠〟という名の古代花だ。この花自体に毒性は無いが、この花に寄生するカビが病気の原因となる」

嫌な予想が当たってしまった。

遺跡が停止してから病気が広まるのに時間がかかったのは、この花が増えるまでの時間が必要だったからだ。

「しかし花はこの山のかなり広い範囲に生育している。すべてを駆除するのは大変だぞ」

「やるしかない。そのために分布を調査しているところだ」

「この花を保管していた奴らは、もし広まった時の対策を用意していなかったのか？」

「調べてみる価値はあるが、特効薬以外の対策が見つかったことはない」

これは伝聞ではなく実体験による言葉だな。

「モンスターの徘徊する山だから、冒険者ギルドに伝えて人を集めるというのが手だと思うが……病気に耐性のある加護持ちだけを揃えるとなると難しいな」

「それはやめておいた方がいいだろう。この病気は加護の耐性を貫通する」

「耐性貫通⁉　ではこの病気は魔法で人為的に作られたものなのか！」

自然に存在する病気は、どれほど感染力が高くても加護による耐性を貫通することはできない。

肺ペストのような危険な病気でも、スキルレベル1の弱耐性でも9割は防げ、中耐性があれば完全に防御できる。

強力な耐性が必要となるのは魔法を帯びた病気に限る。

「花のことは私に任せるのだ。君は薬屋として病人のことを考えていればいい」

「……そうか、分かった。俺には〝アスラの王冠〟という花についての知識が無い。任せた方が良さそうだな」

話している間にキマイラは十分な距離まで逃げられただろう。

「それじゃあ俺は薬草採取に戻るよ……今のところ病人には症状に応じて、解熱と鎮痛、体力回復、水の巡りの改善に二日酔いの薬を与えているんだが、それで問題ないだろうか？」

「よく理解している。加えて症状が出ている間は体内で繁殖したカビによって空気感染するから、看病する時は窓を開けてから行うといい」

「了解した。俺は薬屋としての仕事を果たすよ」

「うむ、お互いそれぞれの役割を果たすとしよう」

そう言葉を交わし、俺は立ち去ることにしたのだった。

*　*　*

少し歩いた後。

「なんだ、結局出てくるのか」

俺は木々の間の気配に向けて声をかけた。

「あの方は少々大胆過ぎると思いませんか？」

現れたのは浅黒い肌をした優しげな表情の青年。

見たことのある顔だ。

「お前が出てくれば、さっきの剣士が魔王タラクスンであると自白したようなものだろう……シサンダン」

かつて俺達と戦った魔王軍の将軍シサンダン。

ヤランドララの言う通り、魔王とシサンダンは人間に紛れてこの大陸を旅していたのだ。

「白々しい。すでにあの方がタラクスン様であることを確信していたのでしょう？」

「まぁな……だが白々しいと言えばお前達の方だろう。わざわざタラクスンとビュウイという名で旅をしていなければ誰にも分からなかったはずだ」

「名を隠して逃げ回るのは勇者の振る舞いではないですから。それに私はこのビュウイという男を尊敬しています。高潔で誰からも愛される男でした」

「だが、お前はその男を食ったんだろ？」

「はい、この姿であれば人間の中に入りこむのに都合が良かったのです……なぜ怒るのですかギデオン？　あなたとビュウイは会ったことも無い間柄でしょう？」

「殺した相手のことを語る時にそんな顔をできるお前に苛(いら)ついているだけだ」

「はは、生き死になど永き旅の一部です。昼から夜になり夜から昼になるのと同じこと」

似たような言葉を聞いたことがある。

デミス神だ。

「アスラとデミス神は敵対していても、価値観は近いんだな」

「……ふむ」

シサンダンは意外だという表情を見せた。

だが俺は気にせず別の質問をぶつける。

「神・降魔の聖剣（セイクリッド・アベンジャー）が目的か」

「あなたが相手では隠しても仕方がないでしょうね。ええ、その通りです」

「お前達アスラが本来の勇者だったということは分かるが、今更聖剣を手に入れて何をするつもりだ。戦争は終わったんだぞ」

「もちろん理解しています。我々の魔王としての戦いは敗北に終わった、だから次はこうして本来の勇者としてデミス神に挑むのです」

「デミス神と戦うのなら勝手にすればいい……だが、また俺達を巻き込むというのなら……聖剣は渡せない！」

「……今はお互い病気の対処を優先するべきでしょう」

「病気の治療は本当なんだろうな？　俺はこの病気をお前達が運んできたという線も可能性として残しているぞ」

「まさか、これは我々アスラにとっても危険な病気。我々も魔法の力なくして無事ではいられないのです」

しばらく睨（にら）み合いが続いた。

そして。

「こうしていても時間の無駄だな」

「ええ、同感です」

そう言って、俺達は同時に振り返り、お互い反対の方向へと歩いていったのだった。

＊　＊　＊

翌日、夕方。レッド&リット薬草店。

俺、リット、ルーティ、ティセ、虎姫、葉牡丹で集まっていた。

「まさか、もうすでに魔王がゾルタンに来ていたとは」

虎姫は愕然(がくぜん)としている。

無理もない。

「ヤランドララさんは？」

葉牡丹がここにいない仲間について疑問を口にした。

「流行っている病気が加護の耐性を貫通すると聞いて、ヤランドララも病気に感染している可能性があるから別の場所で様子を見るそうだ」

「加護の耐性を貫通……で、では拙者も!?」

「葉牡丹は人間じゃなくてデーモンだから大丈夫だぞ」

「そういえばそうでした！」

葉牡丹は心から安心したようで、ホッと息を吐いている。

こっちの魔王は微笑ましい。

「お兄ちゃんは大丈夫なの？」

「俺とリットはヤランドララから、病気耐性効果のある耳飾りを借りていたから大丈夫なんだ。ルーティも癒しの手で治療はできるだろうけど、『勇者』の加護の耐性でも感染を防ぐことはできないかもしれないから気をつけてくれ」

「分かった」

『勇者』でも感染する病気。

そんなものがあるとは思わなかった。

「病気が感染したとしても、ルーティならその体力で症状が出る前に完治しそうだな……レッド、魔王タラクスンの動きについて詳しく教えてくれ」

虎姫の言葉に、俺はうなずいて説明を始めた。

「魔王は聖剣を狙っているようで、ここに虎姫と葉牡丹がいることは知らないように見えたし、捜している様子もなかった……もしくは魔王軍が壊滅し葉牡丹を捕らえる理由が無くなったか」

「情報が無くて分からないが、魔王がこちらに来ているのなら暗黒大陸の魔王軍も壊滅したと見ていいはずだ。アスラが使う転生の秘術はアスラ王であるタラクスンがいなければスムーズにはいかない。数年から数十年の間、いつどこで転生復活するのか分からなくなるのだ」

「なるほど、不老不死のアスラ相手に暗黒大陸のデーモン達はこれまでどうやって優勢に立って支配してきたのか不思議だったが、アスラ王がいない間はそこまで無敵の能力ではないいんだな」

今はタラクスンが本来の魔王を倒して力を簒奪しているが、過去ほとんどの時代ではアスラ達は魔王の力によって従わされている。

旧魔王軍においてはオークやモンスターと同じ外様の勢力だ。

「自分の持つ国家が壊滅してしまった今、勇者の遺産を手に入れてその力で魔王軍を再興しようとしているのだろう」

虎姫はそう言うと、「誇りの欠片もない」と吐き捨てた。

「勇者の力で魔王軍の再興か……」

違和感がある。

あのタラクスンという男が、そのような真似をするだろうか。

少ししか話していないが……ヤツには初代勇者を思い出させる心の強さがあったように俺には思えた。

「あの」

虎姫の発言が一段落したところで、ティセが手を挙げた。

「なぜ魔王が人間の病気を治療しようとしているんですか？」

「その病気がアスラである魔王達にとっても危険なものだと言っていたが、嘘を言っているようには見えなかった」

「人間に変身できる魔物の表情なんて当てになるんですか？　聖剣を手に入れたらすぐにゾルタンから離れればいいだけで、病気の治療を行う動機が乏しいと思います」

ティセの言うことはもっともだとは思う。

「油断はしない、だが魔王とシサンダンは俺の前に姿を見せた。あれはお互い手出しをしないという意思疎通が目的だった」

「彼らの目的のため邪魔になるレッドさんを遠ざけたとは思えませんか？」

当然それも考えた。

「だがヤツらが〝アスラの王冠〟と呼ぶ花が広まったのは、魔王達の行動とはまったく別の騒動で広まったものだ。あれが魔王の企みとは思えない」

「それはそうですが……」

ティセはまだ不安そうだ。

「ティセの気持ちは分かる、だが俺達は今流行っている病気の対処法が分からないんだ。魔王の意図は不明だが、この病気の知識があるのは魔王だけだ」

「暗黒大陸にもこのような病気は見られなかった。妾は医者ではないから、すべての病気を知っているわけではないがな」

「それでも流行っていれば魔王軍の最上位指揮官として分かるだろ？」

「ああ、デーモンのみならず、暗黒大陸の人間も魔王軍の戦力だ。病気が流行れば報告が上がってくる」

この病気について詳しく知っているのはタラクスンとシサンダンだけ。

「いざとなれば私も戦うから、大丈夫」

ルーティがティセに向けて言った。

「でも、魔王タラクスンの魔王軍は、人間が憎くて戦争を起こしたわけでも、領土が欲しかったわけでも、加護に従わされたわけでもない。敵だからこそ、私達は戦う理由を明確にするためにタラクスンを理解しないといけない」

「理解か」

ルーティの冷静な言葉に、虎姫と葉牡丹は目をつぶり記憶を辿っているようだ。

「アスラは初代勇者の魂を奪われてから長い間、デミス神とデーモン達と敵対していた。だが戦いは常に敗北に終わり、やつらはアスラデーモンという我々デーモンの亜種に過ぎないという屈辱の名をつけられ魔王軍の兵卒として働かされていたのだ」

デーモンとは種族で加護を1種類しか持たない者達のことを指す。

アスラは加護を持たないのだから、この分類には当てはまらないのだが、デーモンに従って動くアスラ達はアスラデーモンという亜種として扱われていたのだ。

彼らの本質が初代勇者と同じ正義だとしたら、悪の走狗として扱われるのは不本意だったことだろう……だが。

「魔王を倒したタラクスンは魔王の力を奪い、悪の王として人間と戦うという魔王の役割を果たそうとしていた……おかしな話だ」

「分からん」

虎姫も腕を組んで悩んでいる。

俺はそこがずっと分からず気になっていた。

神の敵アスラという存在が今もまだよく分からない。

「お兄ちゃんの言う通り警戒はする、油断もしない。でも、戦うにはまだ相手のことを知らな過ぎる」

ルーティの言葉で結論は決まった。ルーティは頼りになるな。

「あの、聖剣はどうするんですか？」

質問したのは葉牡丹だ。

「……実は聖剣は別のところに隠してある」

「え、そうだったんですか!?」

「ああ、遺跡が機能停止した今、あそこに置いておくのは鍵もかけずに置いてあるのと変わらないからな。シサンダンが狙っていたのもあったから、俺が隠したんだ」

「さすがレッドさん、なら大丈夫ですね！」

俺が少し余裕があったのはそれが理由だ。

魔王タラクスンに聖剣を渡すか渡さないかは、俺が決めることができる。

まぁ世界にとっても大きな選択だ。

俺ではなく葉牡丹や虎姫、そして世界を救った『勇者』ヴァンのような英雄達で決めることなのかもしれないな……。

＊　＊　＊

「みんな帰ったよ」

俺はまだテーブルの前に座っているリットに声をかけた。

「シサンダンがこのゾルタンにいるんだね」

「ああ……言葉を交わしたが、あれは間違いなくシサンダンだった」

リットは膝に置かれた自分の手をじっと見つめている。

シサンダンはリットの師匠ガイウスの仇。

そして魔王軍の将軍としてロガーヴィア公国に甚大な被害をもたらした相手だ。

「あいつが……！」

リットの声が震えている。

大切な人達を奪った相手。

その感情のすべては、ロガーヴィアの人間ではない俺には分からないことだ。

俺はリットの背中からその体を抱きしめた。

「俺の考えはみんながいた時に話した通りだけど……もしリットがシサンダンを許せないというのなら、その時は俺も一緒に戦うよ。リットの気持ちも大切だから」

「ありがとうレッド……」

リットの体から緊張が抜けていく。

リットは俺の手に自分の手を添えた。

「アスラは死んでも転生する。つまり、死んだ痛みも喪失も本物だったということよね」

「ああ、死を無かったことにしているわけじゃない。俺達なら死後、別の存在に転生するところを、同じ自分に転生しているのがアスラだ」

「だったら……私はもうロガーヴィアで師匠の仇を取った。あの時、たしかにシサンダンを斬ったのだから」

「そうだな、あの時のヤツの首はまだロガーヴィアの地に眠っているだろう」

それはまだ、俺は騎士ギデオンでリットはロガーヴィアの英雄リットだった頃の話。

血風の吹きすさぶ戦場を戦い抜いた思い出だ。

「だからもういい、仇討ちは終わったの」

「そうか……」

リットは首を後ろに向け、俺の頰にそっとキスをした。

「レッドがいてくれるから、私はただのリットでいられるの」

「俺も同じだよ」

「えへへ……でも！」

リットはいつもの明るい口調で声を上げると立ち上がった。

「あいつから仕掛けてくるなら別！　二度と転生したくなくなるくらいギッタンギッタンにやっつけてやるから！」

「はは、そりゃあいつから仕掛けてくるんじゃしょうがない。前は遅れを取ったが、今度こそ2人のコンビネーションで叩き斬ってやろう」

「もうすぐ結婚する私達なら前よりすっごい連係できるもんね！」

そう言ってから、俺達はクスクスと笑い合う。

それからリットは俺の方へと向き直り、俺の首に手を回してギュッと抱きついてきた。

「昨晩は離れ離れだったんだから、今夜はずっと側にいてね」

リットは俺の耳元でそう囁くと、顔を赤くして俺の胸に顔を埋めた。

魔王が来ようとも、俺とリットの幸せな日常はそのままだ。

もしこの日常を奪おうというのなら……その時は容赦しない、相手になってやる。

＊　　＊　　＊

翌日。

朝からレッド&リット薬草店は大忙しだった。

家族が病気になったということで薬を買いに来た人も多い。

だが、それ以上に今日はこの冬一番の冷え込みで、この店の冬の売れ筋商品であるロガーヴィアの懐炉を買いに来た人が多かった。

「懐炉3つ頼む」

男の客が懐炉を3つカウンターに持ってきた。

「悪い、今日は1人につき懐炉1つだけしか売らないことにしているんだ」

「ええー、なんでだよ！」

「昨日はゾルタンで流行っている病気の薬を用意するので忙しかったんだよ。懐炉の材料まで手が回らなくてね」

「まじかよ、今日は寒いから仕事休んで友達と酒場で酒を飲むつもりだったのに」

寒いからと仕事をサボるくせに、酒場に行って遊ぶのか。

ゾルタンは今日もグダグダだ。

「酒場なら外よりマシだろ、ほら懐炉1つ」

「仕方ないな、それじゃあ時間が勿体(もったい)ないからもう行くぜ」

「仕事サボって遊ぶ時間がか？」

「そりゃそうだろ、仕事をサボってまで作った時間だぜ？」

堂々と言い放つ男に、俺は苦笑するしかなかった。

朝の忙しい時間が過ぎた頃……。

「ゾルタン人は仕方ないな」

「でしょ！」

店の奥で在庫整理をしていた虎姫とリットが呆(あき)れた様子でそう言いながら出てきた。

仕事をサボって遊ぶから懐炉が欲しいという客はあの後も何人かいた。それを2人は奥で聞いていて呆れてしまったのだろう。

いや、リットは何だか楽しそうだな。

怠けることは悪いことではないと考えるゾルタン人の気質をすっかり受け入れているのだ。

「レッドは何だか楽しそうだな」

俺の顔を見た虎姫がそう言った。

どうやら俺もリットと同じ顔をしていたようだ。

「しかし病気も広まっているな。薬の動きが速くなった」

虎姫が店番をしてくれた日から3日。

病気はゾルタンを覆いつつあった。

「基本は命にかかわる重病でないのが救いだが……2人死んだな」

「犠牲者がいたのか……」

「噂(うわさ)ではなく水を通じて知った話だ。死んだのは加護に触れていない子供だ。もともと身体の弱い子だったようだな」

虎姫はタラクスンを警戒して、水を通しての警戒網を張り巡らせているようだ。

そこにゾルタンの人の動きの情報も入ってくるのだろう。

「そうか……」

「しかし加護の耐性を貫通するわりに、加護による身体強化は極めて有効なのは不思議だな。生来のものでも加護由来のものでも、十分な生命力を持つ者は重症化せず2～3日寝込むだけで済む。古代の魔法で作られた病気にしては随分優しい病気という印象を受ける」

「人が死ぬのに優しいなんてあるか……まぁ言っていることは分かる」

人為的に作られたということは目的があって作られたということ。

そして病気の利用方法なんて兵器として利用するくらいしか無いだろう。

今の時代でも残虐な将軍は、攻城戦で兵士や動物の死体を投石機で相手の城に大量に投げ入れ病を引き起こしたりする。

「でもこの病気じゃ城は落ちないだろう」

「そうだな」

虎姫も分からないと首を横に振った。

「古代人は人間だが、妾が今見ている人間とは別種族と言っても良いはずだ。何を考えているか分かることの方が少ない」

虎姫も長命種だが、さすがに古代人の時代を生きていたわけではないそうだ。

当時は勢力バランスが崩れて古代人が圧倒的に優勢だったので、デーモン達も古代人の社会に入り込み暗躍していたらしい。

デーモン達もまた、今とは全く違う価値観を持った集団だったのだろう。

カランと音がした。

俺達は会話を中断して、入口を見る。

「おはよう、お兄ちゃん」

「おはよう、ルーティ」

入ってきたのはルーティ。

背中には空っぽのカゴを背負っている。

「配達帰りか？」

「うん、でもこれで私の農園の在庫もなくなった」

「そうか……」

「薬草ちくわパンの材料もない……」

「あー、あれも鎮痛剤の材料になるからな」

鎮痛効果は弱いが副作用が無く、足りない鎮痛剤の代わりに必要とする人もいるだろう。

それに気休めでも薬を飲んだという事実が、心を落ち着かせ熱や痛みを軽減することだってある。

「『勇者』でも病気は倒せない」

「そうだな」

『勇者』には個人を治す力はあっても、町中に広がる病気を治すことはできない。

「でもルーティの育てた薬草は、たくさんの人の助けになったはずだ。ルーティだから、『勇者』でも助けきれない人達に手が届いたんだ」

〝癒しの手〟は手で触れた相手を治療する。

だから、手の届かないところにいる人を救うことはできない。

ルーティが勇者を辞めたからこそ、ルーティによって救われた人がいるのだ。

「ありがとう、お兄ちゃん」

ルーティは少しホッとしたように笑った。

「でもこれで薬草農園は落ち着いた。収穫できそうな薬草も全部収穫してしまったから、しばらくは薬草を育てることしかできない」

「需要が無いって悩んでいたのが懐かしいな」

「とても複雑な気分」

「人が困っていると売上が上がる仕事だからなぁ」

こういう時だと繁盛していることを素直に喜べないのは職業病だな。

「それで、落ち着いたからヤランドララの様子を見てきた」

「ヤランドララの？　俺も店が終わったら様子を見に行こうと思っていたが……元気そうだったか？」

「うん、症状は軽いみたい。でも、人にうつす可能性があるから魔法で検知できなくなるまで1人でいるって」

「そうか……差し入れでも持っていこうと思ったんだが」

「お兄ちゃんに、来なくて大丈夫と伝えてって頼まれた」

「そう……か」

そりゃ重症でないヤランドラに看病の必要もないし、食事だってどうにでもなるだろう。

「心配させてもらえないのは淋しいよね」

リットが俺の心の中を代わりに言ってくれた。

「手紙だけでも窓の隙間から差し込んどく？」

「いい考えだ」

お店が終わったら2人で手紙を届けてくるか。

「ところでお兄ちゃん、ハーモンさんはまだ来てないの？」

ルーティがキョロキョロと見回した。

「今日はまだ来てないな。いつもはもうそろそろ来る時間なんだが」

虎姫が店に来てくれたのもそれが理由だ。

もともとはヤランドラが会いたがっていたはずだったのだが、病気なら仕方がない。

ハーモンも石材所の仕事に慣れ、ノコギリで石を切る速度はもうベテラン職人並だとか。

頼りにされることで、気軽に仕事を抜けられないのかもしれないな……。

「ううん、石材所に行ったけどハーモンさんはいなかった」

ルーティが首を横に振って言った。

「いなかったのか？」

「本当ならハーモンさんを連れて一緒に来るつもりだった」

「石材所にいないのか、何か用事があったのか？」

「石材所の人はお兄ちゃんのお店に行ったたって言ってた」

どういうことだ？

寄り道でもしているのか……だが、ハーモンは軍隊生活が長いからか、ゾルタン人らしからぬ時間に厳しい男だ。

約束があるのなら、余計な寄り道はしないと思う。

「少し……心配だな」

平和なゾルタンとはいえ、加護の支配するこの世界では冒険の種はいくらでもある。

何か事件に巻き込まれた可能性はある。

まさかタラクスンとハーモンが接触したとは思えないが。

「タラクスンのような存在がゾルタンに近づいていないことは確実だ、妾に探知されず近づくことは不可能だと断言できる」

虎姫が言った。

「その力でハーモンさんの居場所は分からないのか？」

「悪いが妾の優先すべき脅威はタラクスンとシサンダンの動向でな、他の者の探知は限定的となっておる」

「そりゃそうだよな……」

「しかし、ハーモンから話を聞くというのも重要な情報が得られるかもしれん。妾が捜してこよう、現地に出向いて足取りを辿る(たど)くらいなら余力で探知できるだろう」

「俺もハーモンさんが心配だ、同行するよ。虎姫も探知に力を使っているから本気で戦えないんだろ？」

「本気を出さなければいけないような敵が出てくる可能性があると思うか？」

「何が起こっても生き残れるように考えるのが冒険者だよ」

「なるほど……生まれた時から強力な上級デーモンに欠けている思考かもしれないな」

そう言って俺と虎姫が外出の準備をしようとした時、

「レッドさ――ん!!」

店に飛び込む人影があった。

「メグリアさん！　どうしたんだ、そんなに慌てて」

息を切らしているのは冒険者ギルド職員のメグリア。

よっぽど急いでいたようで、すぐには喋(しゃべ)れずパクパクと口を開けて空気を取り込んでいた。

「大丈夫？　はい、お水」

「あ、ありがとうございます……」

リットが駆け寄ってコップを渡した。

メグリアは水を一口飲んで、ふぅと息を吐くと呼吸を落ち着かせた。

「それで俺に緊急の用事があるのか？」

「はい、レッドさんにしか頼めない依頼でして……」

俺にしか頼めない依頼？

ここにはゾルタン最強の冒険者ルーティもいるのに？

「冒険者ギルドに持ち込まれる薬草の選別をお願いしたいんです！」

「え？」

それは予想外の依頼だった。

いや、薬屋としてはおかしくない気がするが、冒険者ギルドが外部の人間に短期契約で収集物の鑑定を依頼するというのは基本ない。

何より冒険者として登録している俺が、他の冒険者の報酬に関わる仕事をするというのは原則やらないというのが冒険者ギルドの方針のはずだ。

「推奨されないのは分かっています。でも今日いつも担当している職員がみんな病気で休んでるんです！」

「うわ、それは災難だな」

「私だけじゃ絶対対応が滞ります。でも今薬草採取の依頼が滞るわけにはいかないんです！」

それはそうだ。

俺みたいに自分で薬草を集められる薬屋ならいいが、他はそうではない。

冒険者が薬草を集めて流通させないと、薬が不足することになってしまう。

「冒険者の皆さんも薬が足りないことは分かっていると思いますが……薬草採取はただでさえ報酬の安い依頼なのに、報酬を受け取るのに時間がかかるとなると依頼を引き受けてくれる冒険者さんが減ってしまうかもしれません」

「……そうか、しかし」

ハーモンのことも気になる。

どうするべきか。

「お兄ちゃん、ハーモンさんのことは私と虎姫で捜す。お兄ちゃんはギルドへ、リットはこの店を見てて欲しい」

迷っている俺に向かって、ルーティは力強くそう言った。

幕間　宝石の獣、再び

ゾルタン西部にある集落。

この集落は山の中にあり、ゾルタン周辺でも一番人が入りにくい場所にある集落だ。

集落と言っても、生涯ここで暮らす者はいないし、ここで子供が生まれることも稀だ。

ここには小規模な宝石鉱山があり、出稼ぎ労働者達と彼ら相手の商売人達が一時的に滞在する所なのだ。

集落を囲むモンスター避けの塀の上に、弓を持った男が立っていた。

暴力の世界で鍛えられた大きな体に、刀傷で唇が大きくめくれている恐ろしげな風貌。

刑罰でこの集落へ送られてきたゴロツキだ。

その男が眼前の恐怖に震えていた。

「こんな怪物に勝てるわけねぇ……」

地響きを立て、木々を薙ぎ倒しながら進む巨大なモンスター。

亀を思わせるシルエットだが、甲羅には無数の宝石が埋め込まれており、宝石を弾いたような鳴き声を上げている。

ジェムビースト。

かつてウッドエルフの大軍を壊滅させた無敵のモンスター。

あの怪物を目の前にして恐怖で何もできずに立ちすくんでしまう……今なら私もその感情を理解できる。

「はぁぁぁ!!」

私は絶望の空気を打ち払うために声を上げ、剣を抜きながらジェムビーストの眼前へと飛び出した。

「ギギ!?」

私の剣がその巨大な頭を砕くと、ジェムビーストは宝石が砕かれるような不快な鳴き声を漏らした。

頭蓋骨を粉砕する一撃にジェムビーストは膝をついたが、みるみるうちに再生していく。

魔法を吸収し、致命傷でも即座に再生する理不尽な能力。

前に戦った時は、お兄ちゃんやリット達もいたのに苦戦した強敵だ。

「ルーティさん！」

ハーモンさんが驚きと喜びの入り混じった声で叫んだ。

「「「うおおおおお!!!!」」」

絶望していた集落の人々も興奮で大声を上げている。

「こいつは私が止める、でも……」

集落の入口ではハーモンさんが剣を手に戦っている。

集落を襲っているのはジェムビーストだけではない。

「ギギギ……!!」

ゴブリンの集団が、ガチガチと歯を鳴らして威圧しながら、ハーモンさんと集落の人々を襲っている。

彼らが使っている武器は、ゴブリン達が好む穴の開いた大剣（ゴブリンブレード）ではなく、細く鋭い鉱石のナイフと小さな円形の盾。

小柄で軽いが屈強なゴブリンの体格に合った装備だ。

今朝、この集落はゴブリン達に襲撃されたようだ。

集落の住民の大半が暴力の日々に日常を置いたことのある人間達だったこともあり、たかがゴブリンと粗末な武器を手に迎撃したそうだが……ゴブリン達は考えていたよりもずっと手強（てごわ）かった。

窮地に陥った集落は駿足自慢の元盗賊ギルドの女性を走らせ衛兵隊や冒険者ギルドに助けを求めた。

だが、衛兵隊も冒険者ギルドも病気による人手不足で、すぐに対応できる戦力がなかった。

この集落が荒くれ者の多い場所かつ敵がゴブリンというので、危機的状況であるということが伝わらなかったというのもあるだろう。

助けを呼べなかった女性は藁をも摑む気持ちで、幼い頃の友人であり魔王軍との戦争を戦い抜いたハーモンさんに助けを求めたのだ。

だが、ハーモンさんを連れて戻って来ると状況はさらに悪化していた。

「こ、この野郎!!」

槍を振り回して応戦する女性をゴブリンが素早い動きで翻弄している。

あれは、波の構えと呼ばれる技法で攻撃と後退を繰り返し相手を消耗させるもの。

あのゴブリン達は理論的な剣術を身につけている……教えたのは間違いなく、ゴブリン達を率いているオーガキンだ。

私が来なければ、ハーモンさんとこの集落の人々は全滅していただろう。

オーガキンとジェムビースト。

あの古代人の遺跡にいた生き残りだろう。

歴戦の兵士であるハーモンさんでも、どうにかなる相手じゃない。

オーガキンは山の中のモンスター達と戦い抜いたことで加護レベルが上がっている。

「パワーオブベア!」

ひび割れた声でオーガキンが印を結び、呪文を唱える。

後方から補助魔法を使ってゴブリン達を戦わせる戦術。

普通のオーガキンなら絶対に思いつかないだろう。

私はお兄ちゃんのように、相手の動きから加護を特定するようなすごいことはできないが、オーガキンとジェムビーストが複数の加護を持っているのは分かる。

「うわああ!!」

ゴブリンに脛を斬られ、戦っていた女性が倒れた。

「させない！」

殺到するゴブリン達に向け、私は手にした剣を投げた。

ゴブリン達を両断して、剣は地面に突き刺さる。

「大丈夫か！」

すぐさまハーモンさんがフォローに入った。

彼女は大丈夫だろう。

だが、ハーモンさんのいる側は依然として苦戦している。

加勢したいが……！

「ルルル！」

ジェムビーストが突進してきた。

私は空中に飛び出すと、ジェムビーストの顔に拳を叩き込む。

私がジェムビーストを止めていないと、集落は簡単に踏み潰されてしまう。

動けない！

「うおおお!!」

ハーモンさんはよく戦っているが、味方を庇いながら一騎で勝つのは兵士の戦い方ではない。

助けが必要だ。

「虎姫！」

「了解した、だが武器しか使えんぞ！」

虎姫は、魔法で召喚した薙刀を手にゴブリンの集団へ飛び込むと次々に斬り倒していった。

今は水の四天王の本領である水の力は使えない。

だが虎姫が相手の陣形をかき乱したことで、ハーモンさんは動きやすくなったようだ。

「ガアアア!!」

「来るか」

オーガキンはゴブリンを下げ、虎姫と戦うつもりのようだ。

虎姫の強さを見て、ゴブリンでは勝てないと判断したのだろう。

冷静な指揮官だが――、

「虎姫に任せていれば大丈夫」

私はジェムビーストに集中する。

仲間がいるおかげで、私は安心して戦える。

私は落ちていた鉄の剣を拾い、ジェムビーストに向けて構えた。

私の『勇者』の加護は成長していないけど、私は前よりずっと成長した。

ここにお兄ちゃんがいなくても、私はもう私達の日常を踏みにじろうとする誰かに負けたりはしない。

『シン』の加護は、私の心に応えるように強くなる。

私はルーティ・ラグナソン。

このゾルタンでスローライフを送る、ただの人間だ！

第四章　勇者と魔王の物語

朝。レッド&リット薬草店。

「それで、ルーティ様はジェムビーストを倒したんですね」

ティセはさすがルーティ様だと感心している。

今日は休日だが、休日返上で病気への対応を行っている診療所からの注文が入るのでレッド&リット薬草店は臨時開店中だ。

「俺も昨日ハーモンさんから話を聞いて驚いたよ、あのジェムビーストを1人で倒すなんて大したもんだ」

「心配だったんじゃないですか？」

「そりゃ心配したよ！」

「レッドさんがデミス神と戦ったことを後から聞いた私達の気持ちが分かりましたか？」

「反省してる」

俺が頭を下げたのを見て、ティセとリットは楽しそうに笑った。

「ルーティ様と虎姫さんは、その後から戻ってきてないですよね」

「2人はジェムビーストの亡骸を調べ、ハーモンさんの話を聞いて、何か調べたいことが見つかったみたいなんだ」

「調べたいことですか？」

「俺も詳しいことは聞いてない……伝言をしてくれたハーモンさんに俺達の事情や世界の秘密を伝えるわけにはいかないからな」

「そうですね……でも、ルーティ様がレッドさんや私達の意思とは関係なくこうして自分から別行動するようになったなんて、なんだか嬉しいです」

ティセは温かい目をして言った。

「少し淋しいか？」

「はい、ちょっとだけ……でも私には目標がありますから」

「目標？」

「薬草農園がもっと大きくなったら、暗殺者ギルドの暗殺者達が休養している時に働ける場所を作りたいなと思いまして」

「なるほど、いい考えだな！」

「暗殺者は過酷で心が弱ってしまう人も多いですから、そういう時に、私の大好きなこのゾルタンで穏やかに過ごせる場所を作れれば仲間の犠牲が少なくなるかも」

ティセもこのゾルタンで叶(かな)えたい目標ができたようだ。

「まぁ元勇者と元四天王がいれば魔王が来ても大丈夫でしょ」

「まぁ、そうだな」

虎姫が全力で戦っているところを俺はまだ見たことがないが、人間による１００万の軍勢を単体で壊滅できるのが魔王軍四天王という存在だ。

軍を率いて戦う勇者ではなく、直接戦った初代勇者の人生を再現するためにデミス神は四天王達の加護を作ったのだろう。

「ふふ、面白い組み合わせよね、デミス神は頭を抱えていると思うわ」

「ははは」

もちろん神はそんな人間らしさのある存在ではない。

だけど、そんな想像をして笑うことくらいしたっていいだろう。

「話は変わりますが、私が今日来たのは大切な伝言を預かってきたからです」

「え？」

一緒になって笑っていたティセが、急に真面目な顔をしてそう言った。

俺はてっきり、ルーティのことを聞きに来たのかと思っていた。

それにテーブルにお菓子とお茶を並べて話しているし、ティセはもう2杯目のお茶を飲んでいる。

とても緊急の用事には見えない落ち着きだ。

「ここに来る前にオフラーさんとすれ違いまして」

オフラーさんということはまさか……。

「お二人のドレスとスーツのデザイン案が完成したそうなんです。お店は私が見ていますから、お二人で行ってきたらどうですか？」

＊　＊　＊

ティセの言葉に甘え、俺とリットは2人で一緒に結婚式の衣装を頼んだオフラーさんの店へと向かっていた。

病気が流行っているせいか町に活気が……いや、寒い日はいつもこんなもんか。

「うちの店が休みだと懐炉が無いから、みんな外にでないんだって」

リットがそう教えてくれた。

懐炉は調合が終わった時点から熱を発するので、薬のように買い溜めができない。

一応、空気を遮断する魔法を使えば必要な時に発熱する懐炉も作れそうだが……。

短時間ならともかく、それなら魔法で体を温めた方が効率いいだろうな。

「厄介な病気ではあるんだが、町の営みを破壊するような重大な病気ではない。季節病ならゴブリン熱や白眼病の方がよっぽど厄介だな」

「感染力はすごいけどね」

仮にタラクスンが花の駆除に失敗しても、致命的な問題にはならないと思う。

だが、病気なんてないならないに越したことはない。

「……なんだか」

「ん、どうしたの？」

俺のつぶやきを聞いてリットが俺の顔を覗き込みながら言った。

「レッドが不思議な表情してる」

「まぁ今抱いているのは複雑な感情だな」

今、俺はどんな顔をしているのか……ちょっとだけ思考が乱れて少し笑った。

「タラクスン、シサンダン、ルーティ、虎姫、ヤランドララ……みんな色々と考えて俺の知らない所で動いている中、俺とリットは自分達の結婚式のためにお店へ向かっている。

なんだか改めて、普通の人になろうとしているんだなって」

「……そうだね。昔の私なら絶対ルーティに同行していたと思う」

魔王タラクスンが来た。

それはとても大きな事件だが……俺とリットはその騒動の中心から外れつつある。

この異常事態に俺の心は臨戦態勢に入っていない。

ギデオンだった俺なら考えられないこと……何かあった時に俺が動かなければいけないと、負担を抱え込もうとしなくなった。

今でも必要なら戦おう、魔王タラクスンとも剣をあわせた。

だけど、世界を変えるような戦いの結果を決めるのは俺の剣ではないのだ。

＊　　＊　　＊

マダム・オフラーの素敵なお洋服店。

最近寒くなってきたから、冬服を買おうとしているお客が数組、服を選んでいた。

1人で応対をしているオフラーは忙しそうだ。

「いらっしゃい！」

俺達に気が付いたオフラーが言った。

俺とリットは、後で大丈夫だとジェスチャーで伝える。

オフラーは少し申し訳無さそうに頭を下げた。

「盛況だねぇ」

「オフラーさんのお店は結構高級だからか、だいたい店にいるのは1組か2組くらいのことが多いから、こういう光景は嬉しいな」

「オフラーさんの服は丈夫で作業着にもなるから、もっと色んな人に知ってほしいんだけどね」

そんな話をして服を眺めながら、オフラーの手が空くのを待つ。

「そう！　よくお気づきで！　そのワンポイントの刺繍が重要なの！」

オフラーのオペラ歌手のようによく通る声が店の中に響いた。

別の客も興味があるようで、ちらちらと横目で見ながらオフラーの語りに聞き耳を立てている。

そうして、ただ待っている時間が過ぎていく。

服を見ながらリットとたわいのない話をして、何もしない時間を楽しんでいた。

これも幸せな日常の一部だと、俺はそう感じていた。

＊　　＊　　＊

「お待たせしちゃって、ごめんなさいねぇ」

「いいのよ、素敵な服に囲まれながらレッドと楽しくおしゃべりできたわ」

リットはそう言って笑う。

リットも俺と同じ気持ちだったようだ。

「それで……デザイン決まったって」

「ええ、こういう服があなた達の結婚式には似合うと思うのだけど、どうかしら！」

オフラーはカウンターの裏からスケッチブックを取り出し俺達の前に広げた。

「「おおー！」」

俺とリットは同時に声を上げた。

白いドレスとタキシード。

結婚式の定番の形状、だけど細かなデザインにこだわりが見られとても素敵だ！

「リット！」

「うん、すごく良いと思う！」

白いドレスを着たリットが俺の前に立っている姿が見えた。

鼓動が高まる気がした。

リットも同じようで、首のバンダナでニヤけた口を隠している。

「良かった、気に入ってもらえて……あなた達の人生は冒険と刺激に満ちているわ、楽しいことも辛(つら)いこともたくさんあった、その中であなた達２人がこのゾルタンで結婚しようとしていることは奇跡だと私には思えたの」

オフラーの言う通りだろう。

俺もリットも、人生の分岐点がたくさんあった。

その中で2人とも英雄であることをやめて、このゾルタンで静かに暮らす道を選ぶ確率はどれくらいだっただろうか。

そして、ここで再会して恋人になる確率は……。

「そんな奇跡のような結果だからこそ、あなた達の結婚式には誰が見てもこれから結婚する2人だと分かり、そして幸せになる2人だと分かる正統派なデザインが良いと思ったの！」

俺とリットは顔を見合わせ、それから嬉しさを抑えきれずクスクスと笑った。

今、俺はとても幸せな気持ちだ。

「オフラーさんに頼んで良かった、このデザインで俺とリットの大切で幸せな日のための服を作ってほしい」

「ええ、任せて頂戴！」

オフラーは頼もしい声でそう言ってくれた。

それから店を出て、教会や他の店も回って服の完成予定日に合わせ結婚式の準備を一気に進めた。

結婚式は今から2ヶ月と16日後。

あとはスケジュール通りに進めていけばいい。

ちょうど春になる頃、俺達の旅は1つのゴールへと辿(たど)り着く……。

＊　＊　＊

家に帰る頃にはすっかり夜になってしまっていた。

店の明かりが点いている、ティセがずっと店に居てくれたのだろう。

ティセに謝らなくては……。

「ただいま、すまない遅くなった」

「あ、レッドさん、リットさん、お帰りなさい」

「お帰りお兄ちゃん」

「存外に遅かったな、邪魔しているぞ」

「ルーティに虎姫！　戻っていたのか！」

店にはティセだけではなく、ルーティと虎姫も居た。

「ジェムビーストを倒したんだってな……驚いたよ、大丈夫だったか？」

「うん、犠牲者はでなかった、間に合ってよかった」

ルーティに怪我はないかという意味だったのに、ルーティは他の人達を守れたのかという意味だと思ったようだ。

ルーティは『勇者』をやめたことで、本当の勇者になったと思う。

「よく頑張ったな、でも俺はルーティが怪我をしていないか心配で聞いたんだ」

「そうだったんだ……うん、どこも怪我してないよ」

「良かった」

だけど、俺はルーティのためだけの言葉を伝える。

俺だけはいつまでも、ルーティが幸せになって欲しいと思う側でいたい。

「それで、一体何を調べていたの？」

リットが虎姫に聞いた。

虎姫は頷いてから話し始めた。

「妾とルーティはジェムビーストがあそこに存在した意味について調べていたのだ」

「意味って……古代人の遺跡から逃げ出してきたんじゃないの？」

「遺跡から逃げ出してきたのは間違いないが、なぜこのタイミングで逃げ出したのか、そもそもなぜ古代人はジェムビーストなどという危険な生物を作り出したのか……」

「加護を複数持ったオーガキンと同じ、『勇者』の加護レベルを効率的に上げるための敵ではないのか？」

俺の質問に虎姫は首を横に振った。

「それにしては強すぎる。『勇者』の餌には必要のない能力ばかりだ」

「確かにそれはそうだが……」

だったらなぜ？

「ジェムビーストは木こり」

「え？」

ルーティの自信溢れる言葉に、リットとティセは首を傾げていた。

だが……なるほど。

「前に戦った時も、あれだけの宝石や生き物を食べ尽くして、そのエネルギーを何に使っているのか疑問だったんだ……それになぜジェムビーストから万色ルビーが得られたのか、そもそも万色ルビーとは何なのか」

「うん、お兄ちゃんが思い当たったことが正しい。ジェムビーストは古代遺跡の燃料を集めるための存在。ドワーフの伝説にある万色ルビーは遺跡の燃料」

〝世界の果ての壁〟や宝石鉱山のある集落にジェムビーストが現れたのは、俺やルーティやシサンダン、そしてデミス神が古代遺跡を荒らしたことでエネルギー不足になったから。

「今回のジェムビーストの死骸からも万色ルビーを手に入れることができた。これを使えば古代遺跡の機能の一部を復旧させることができる」

「古代遺跡の復旧？　一体何のために」

「タラクスンの目的について調べるため。ハーモンさんから聞いたタラクスンの行動は、困っている人々を助けながら勇者の遺産を集める旅だった。それは魔王というより勇者の旅」

「やはりそうか、俺と話をした時も悪意を感じなかった」

「私と虎姫が話し合って、今のタラクスンは魔王として敗北し、アスラ本来のやり方に戻っているのだという結論になった。だから古代で初代勇者の魂を取り返すためにデミス神やデーモンと戦っていた勇者としてのアスラ達の行動を調べれば、タラクスンの目的も分かると考えた」

ジェムビーストからそこまで辿り着くとは……さすがルーティと虎姫だ。

「すごいな、それで何か分かったのか？」

「ああ、妾は長く生きている分、古代人の技術について人間よりも知っている」

ルーティに続いて虎姫が答えた。

「古代の人間どもはすごいな、魔に属す妾ですら畏敬の念を禁じ得ない。一体あの遺跡には本にして何百万冊分の情報があるのか……見当もつかない。しかし、妾達が必要な情報を見つけることはできた」

「それは一体……」

「アスラの目的は加護の消滅。その手段はデミス神とこの世界を繋ぐ〝絆〟を奪うことだ」

「絆を奪う……」

「タラクスンが魔王サタン様を殺して魔王の力を奪ったのと同じことをデミス神相手にもするつもりなのだ」

「デミス神を倒す？　魔王がどれほど強いかは分からないが、やつらだってこの世界に生きる者だ……そんなことは不可能だと思うが」

「物理的にデミス神を倒すことはもちろん不可能だ。だから奴らは神になろうとした……この世界の人々から信仰を奪おうとしたのだ。すべての人間にアスラの勇者さえいれば、神の加護はいらないと思わせた時、デミス神はこの世界に介入するための〝絆〟を失う」

「勇者信仰で神に成り代わるつもりだったのか」

「それが可能かどうか……それは古代人にも分からなかったようだ。結局、古代人が『勇者』と『魔王』の戦いを完全な管理下に置いたことで勇者信仰は消滅し、実現しなかった」

虎姫は一度息を吐いてから、言葉を続けた。

「人間とは恐ろしい種族だな。真の魔王の力で神の思惑を超え、その力を失っても今度は知識と継承の果てに神の思惑を再び超えた。デミス神が一度人間を滅ぼすしかなかったのも理解できる」

「古代人の話ですから、現代の人間である私には実感ないですね」

ティセがそう言って肩をすくめている。

「でも、それを現代でやろうとしたのがタラクスンの目的なら、アスラ達の行動には一貫性があります」

「魔王に成り代わって私達の住んでいるアヴァロン大陸を攻撃してきたのも？」

リットはまだ納得できない様子だ。

「先代勇者の伝説を再現しようとしたのだとすれば、それも説明できるんだ」

「どういうこと？」

「今の時代と違って、先代勇者が現れたのは世界が魔王に支配されてからだった。勇者が世界の王として君臨していた魔王を滅ぼし、世界を支配した唯一の統一国家が無くなった世界で、新しい帝国と秩序を築いた」

「魔王としてタラクスンが世界を支配したあと、別のアスラが勇者としてタラクスンを倒し自分達に都合の良い帝国を作るつもりなのね！」

「だが魔王としての戦いが失敗したから、今度は昔の方針に戻って、勇者にしか使えないはずの遺産を身につけ勇者として世界中で活躍する。そうして人間達をデミス神から離れるよう導こうとしているのだとすれば、ハーモンさんと一緒に居た時の行動も筋が通る」

それが魔王タラクスンの目的。

この世界は冒険と戦いに満ちている。

勇者を求めている人は世界中にいるはずだ。

彼らをデミス神の加護を受けていない勇者が救い続ければ、いずれ人々は神よりも勇者を拠り所に……。

「タラクスンとシサンダンは勇者としてデミス神に成り代わり、この世界から加護を消し去ろうとしている。そうすれば、私に宿った『勇者』に封じられた初代勇者の魂も解放される」

ルーティは、自分の胸に手を当ててそう言った。

推測で補っている部分は多いが、これまで見てきたアスラ達の行動を思い返せば、すべて辻褄が合う。

魔王として恐怖を振りまきつつ、勇者のために人間の社会を理解しようとする。

その相反する目的が、ヤツらの行動を分かりにくくしていたのだ。

「であれば葉牡丹と虎姫は安全かもしれないな」

「今は安全かもしれないが、いずれ勇者として葉牡丹や妾を討ちに来るんだぞ。それまでに葉牡丹を強く育てなければ」

「今度は負けるなよ」

「当然だ……ふふ、人間に応援されるとは、奇妙なことだ」

今度、葉牡丹に俺がアスラ達と戦った時に考案した戦術を教えてみるか。

部屋に穏やかな空気が流れた。

目的が分かれば対策もできる。

虎姫にもホッとした様子が見られた。

「お兄ちゃん、誰か来る」

そんな空気を切り裂くような、ルーティの鋭い警告。

ルーティの直感がただの客ではないと言っているのだろう。

俺とリットは素早くカウンターの裏に置いてある剣を取った。

「タラクスンか？」

「そんなはずはない、妾の結界を掻(か)い潜(くぐ)ってここに辿り着くなど不可能だ」

扉の前で気配が動いた。

緊張が走る。

「こんばんは、愛する者達よ。こうして会えたことを私は嬉しく思います」

は？

血の気が引いた。

その声を俺は聞いたことがある、その姿を俺は知っている。

開いた扉の向こうにいたのは、両目を覆った女性。

夏にタンタ達家族と一緒に行った島で戦った、エレマイトという聖職者だ。

『枢機卿（カーディナル）』の加護を持ち、タンタを教会に連れて行くために暗躍した。

だが、今見ている存在はエレマイトではない。

「まさか」

虎姫が力なく膝をついた。

相手の顔を見ることを恐れるようにうつむいて震えている。

リットとティセは状況が分からず、ただ何か恐ろしい存在がここにいることだけを察していた。

俺はエレマイトを睨（にら）みつけて叫んだ。

「デミス神……！」

なぜそう思ったのかと言われたら、説明できない。

ただ、一度戦ったことのある俺は、エレマイトの中に神がいることを確信していた。

＊　＊　＊

レッド&リット薬草店。

その居間。

テーブルの上に置かれた水を、慈愛に満ちた表情のままエレマイトの姿をした神が飲んでいる。

「ありがとうございます、人の肉体には水が欠かせないもの。また、我欲で渇いた喉を清浄な水で潤すことは善き行いです」

「そうかい」

島から不眠不休で移動させられたエレマイトの体を気遣って出した水だ。

加護レベル99というデタラメな存在となっていたヴァンの時と違って、エレマイトの肉体は消耗していた。

「そう身構えることはありませんよ、『勇者』ルーティ」

「私はもう『勇者』じゃない」

剣の柄に手を置いたまま、ルーティはデミス神にそう言った。

「……ヴァンの体を奪っていた時ほど、話の通じない隔絶された存在という印象が無いな」

今も恐ろしくはあるが、まだ〝恐ろしく強い相手〟という印象で収まっている。

とはいえ、デミス神に仕える存在であるデーモンの虎姫には刺激が強すぎるので、寝室に行ってもらった。

虎姫は神が話しているうちに自我を失いかねない。

「本来、私が世界に介入することは本意ではないので避けているのですが、この者の〝預言〟のスキルを通して導きを与えることは意味のあることでしょう」

「……エレマイトの意識を通じて会話しているのか」

たとえるなら、エレマイトが神の言葉を翻訳して話しているようなもので、直接神の言葉を聞いているわけではないというところだろう。

「一体、なぜ俺達の前に現れた」

「愛する者達よ、私の手はすべてあなた達のためにあるのです」

「……ッ！」

ルーティの表情が変わった。

強烈な怒りだ。

「ルーティ、今目の前にいるのはエレマイトだ。ヴァンの体を奪っていた時と違って直接触れているわけでもない。攻撃しても傷つくのはエレマイトだけ……デミス神には刃は届かない」

「分かってる……」

ルーティは悔しそうに言った。

「『導き手』の子よ、あなたはとても賢い、私はそれを嬉しく思います」

「御託はいい、要件を言え」

「あなた達は自分達の力でアスラの野望に気が付きました。あなた達の賢さによって、私はあなた達の努力に手を差し伸べることができたのです」

タラクスンに関わることか……一体何を言うつもりだ？

「あなた達はあなた達が〝アスラの王冠〟と呼ぶ病気を守らなければなりません」

「病気を守るだと？」

意味が分からない。

デミス神はエレマイトの顔に穏やかな微笑(ほほえ)みを浮かべたまま表情を変えずに言葉を続けた。

「かの病気は、古い時代に人の魔王が無限に挑んでくるアスラ達に業を煮やして作った剣です」

「魔王が作った剣……？」

「はい、花から人やエルフ、アスラに感染する病気で、アスラにのみ激しい症状を引き起こし、また呼吸器系に致命的な後遺症を残します」

だからあの古代遺跡……勇者管理局に保管されていたのか。

魔王が作った兵器を研究するのも勇者管理局の管轄だと考えれば説明がつく。

「加護の耐性を貫通する性質も、世界中にいる人間を媒体とすることでアスラが対処できないようにするため。〝アスラの王冠〟はアスラという種の頭蓋に食い込む茨の冠なのです」

「えげつないな……」

不死不滅のアスラに対して、病を作り出して対抗する。

加護の思想に従って武力で侵略する現代の魔王軍とは違った、敵に対する容赦のない人間の悪意を感じた。

「それを私達に教えてどうするつもり」

古き魔王の所業にも、ルーティは動じることなくデミス神を見据えてそう言った。

「私の愛する勇者よ、あなたとはいつかこうして話をしたいと思っていました。ですが、私の無尽の愛を、あなたが生きている間に伝えることは望ましくないのです。なので、あなたの質問にただ答えるだけにしましょう」

「私もそれがいいと思う、あなたと話していると剣に手が伸びる」

ルーティがここまで殺気を出しているのは久しぶりだ。

うげうげさんも、怯えてティセのフードの中に隠れてしまった。

「私はこの世界に直接的な介入をするべきではありません。神敵となったアスラ達も、私の力で滅ぼすことはできないのです。しかしアスラはあなた達にとってとても強大な敵です。あなた達は〝アスラの王冠〟を守らなければなりません」

「何?」

「〝アスラの王冠〟の種を世界中に運び、アスラを滅ぼすのです」

俺達に病気を運べと?

「ふざけ……」

俺が言葉を発するより早く、糸が切れたようにエレマイトがテーブルに突っ伏した。

「言いたいことだけ言って帰ってったな」

「とても不愉快」

俺とルーティは苦々しい表情を隠すこと無く、寝息を立てているエレマイトを睨んだ。

「まぁまぁ、気持ちは分かるけどエレマイトに怒っても仕方ないでしょ?」

そう言ってリットがエレマイトの腕を持って脈を取る。

「うん、気を失っているだけね」

リットはエレマイトの肩を優しく揺すって呼びかける。

「……ん、私は眠っていたのですか?」

「目が覚めたのね、大丈夫?」

リットの言葉にエレマイトは動きを止めた。

「ここはどこですか？　今になって私を捕らえるとは、何のつもりですか？」

おい、神よ。

エレマイトの体を勝手に使って説明もせず帰っていったのか。

やっぱり俺はデミス神のことが好きになれない。

＊　　＊　　＊

深夜。レッド&リット薬草店。

「「はぁぁぁ」」

俺とリットは同時にため息をついた。

寝室のベッドには虎姫と葉牡丹が、居間のソファーにはエレマイトが寝ている。

俺達は、庭の椅子に座って夜空を眺めていた。

デミス神を目の当たりにした虎姫の精神的ダメージは大きく、葉牡丹が連れ添って朝まで休むことになった。

ちなみにミンクさんの体調はずいぶん良くなったそうだ。

「エレマイトがうちに泊まるなんて想像できたか？」

「できるわけないよ」

俺とリットは顔を見合わせて苦笑する。

デミス神から解放されたエレマイトは、酷く消耗していた。

このまま放りだしたら途中で倒れて死んでしまうんじゃないかと不安に感じさせる程だった。

敬虔な信徒であるエレマイトになんて仕打ちだろう、デミス神ってのは無責任なやつだ。

それとも俺とリットが介抱すると分かっていてやったのだろうか？

「……私は」

リットが口を開いた。

「病気を広めるなんて嫌。もしタラクスンが私達の幸せの邪魔をするというのなら、直接戦ってやっつける。世界中の人に病気を広めて勝つなんて、剣士としてこの上ない屈辱じゃない！」

「俺もそう思う……だが」

「え？」

俺が迷っているのを見て、リットは驚いた様子だった。

「俺個人としては絶対にやりたくない。薬屋としても、病気を世界に広めるなんて到底認められることじゃない、不愉快で腹が立つ」

「じゃあなんで迷っているの？」

「俺の答えは決まっているが……俺達以外の人はどう考えるだろうか」

「私達以外の人？」

「アスラを放置すれば、いつか今回の魔王軍との戦争みたいな世界を巻き込む戦争になるかもしれない。その犠牲となる人の中には、ほとんど死者のでない病気を受け入れれば、戦争で死ぬ沢山の人を救えたのに、と考える人もいると思ってさ」

「だからって……病気を広めるというの？」

「いや、俺の結論は変わらないよ、病気は根絶する」

「だったら迷うことなんて……」

「俺が迷っているのは、この判断を俺達だけで下していいのかという部分なんだ」

これは世界の未来を決める選択だ。

だから、デミス神が言葉だけでも介入してきたのだろう。

今のアスラは勇者として行動しているが、デミス神の存在を前提に築かれてきたこの世界を根底からひっくり返すヤツらの戦いは、いずれ世界中の命ある者達を巻き込むだろう。

「お兄ちゃん、ごはんできたよ」

ルーティとティセが、パンとシチューとサラダを作って持ってきてくれた。

俺のことを気遣って、今夜は自分達が作ると言ってくれたのだ。

「ありがとう」

用意してくれた食事は、素朴で温かい味がした。

こうして庭にいるから、その温かさが何よりも嬉しい。

「私は」

シチューを食べ終わったルーティが言った。

「病気を広めるなんてしない。アスラとデミス神の戦いに、関係のない世界中の人達を巻き込むなんて嫌」

「ルーティならそう言うと思ったよ」

俺は微笑(ほほえ)んでルーティの頭をなでた。

「ティセはどう思う?」

「私は暗殺者ですから、不意打ちもしますし毒殺だってやります、でも……」

ティセは断言する口調で言葉を続けた。

「関係の無い人を巻き込むのは暗殺者として失格です。暗殺者は狙った相手だけを殺す。私達は人を殺す邪悪な加護持ちですが、だからこそ暗殺者には矜持(きょうじ)が必要なんです。アスラを殺し続けるために、人の未来に永遠に残る病気を広める。私にとって、これはこの上ない邪悪な行為です」

ティセもそう言うだろうと思った。

俺の友人ならみんなそう言うと思う。

「ごちそうさま、美味しかったよ」

「良かった」

「お口に合ってなによりです」

ルーティとティセが料理を褒められ嬉しそうに笑い合っている。

幸せな光景だ。

だから、もし俺達がもっと弱くて、この光景が簡単に失われてしまうものだとして、すべてを失った後で後悔しないのかと問われたら……いや、それでも俺は病気を広めることを選ばないな。

結局、この迷いは俺がその立場ならどうするという話ではなく、顔も名前も知らない他人の人生を俺の選択で左右していいのかという迷いなのだ。

「ん、ありがとう、うげうげさん」

俺の手の上でうげうげさんが、ゆっくりと揺れている。

お腹を撫でると、嬉しそうに震えた。

優しい蜘蛛だ。

「ちょっと散歩してこようかな」

少し気分転換しよう。

「私も一緒に行っていい？」

「ああ、もちろんだ」

リットの言葉に俺は頷いた。

「私も」

「うん、一緒に歩こうか」

ルーティも手を挙げてくれた。

「分かりました、私とうげうげさんで留守番をしていますので、皆さんは気分転換してきてください」

「ありがとうティセ、うげうげさん」

うげうげさんは留守番は任せろとでも言うように、元気よく跳ねていた。

＊　＊　＊

ゾルタンの夜。

冬の澄んだ夜空に、２つの月が浮かび冷たい光でゾルタンを照らしている。

下町の住宅街から離れたこの道は、周囲に民家もなく木々と野原の間をのんびり歩ける道だ。

「穏やかな夜だな」

「うん、平和だね」

「こうしてお兄ちゃんとリットと私の3人で一緒に歩くの、ちょっと久しぶりな気がする」

「そういえばそうか？」

「ゾルタンに来てから、みんな友達がたくさん増えたものね」

俺達は一緒に歩いているが、それぞれが自分の人生を生きている。

俺には俺の、リットにはリットの、そしてルーティにはルーティの友達がいる。

俺達は近くても、別の道を誰かと歩いていることが多くなったのかもしれない。

「でも私にとって一番大切なのはお兄ちゃん、それにリットも大切な友達」

「ありがとう、俺もルーティはかけがえのない大切な妹だよ」

「ルーティが勇者だった時は、こんなに仲良くなれるなんて思っていなかった」

「うん、あの頃の私はリットのこと嫌いだったから」

「今は？」

「……好き」

その答えを聞いて、リットは感極まってルーティの体を抱きしめた。

……幸せだな。

「良い夜だ」

夜の暗がりの向こうから声が聞こえた。

俺達はすばやく散開し、剣をいつでも抜けるよう構える。

「シサンダン!!」

リットが叫んだ。

「またこうして、ゾルタンの夜に会えるとは。人生は楽しい驚きの連続だ」

ビュウイの姿を捨て、アスラ本来の姿となってシサンダンは俺達と対峙(たいじ)している。

虎姫が倒れたから町に侵入したのを探知できなかったのか……!

「聞いたぞ、お前達は結婚するのだな」

「………」

「私も祝いの場に呼ばれる資格があるのではないか？　2人の出会いには私も関わっているのだからな。祝いの言葉の1つでも贈ってやろうか」

「OK、喧嘩(けんか)を売りに来たのね、だったらお望み通り斬り刻んであげるわよ」

リットが剣を抜いた。

いつでも動き出せるように構えている。

対して、シサンダンは腰に差した6本の剣には触れず、両腕を組んで悠然と構えていた。

「単独行動か、タラクスンは一緒じゃないのか？」

「ああ、今夜は私の独断だ。タラクスン様のことは尊敬しているが、私は私が何をするか自分で決めることができる。魔王に服従するデーモンどもとは違うのだ」

「だが賢明とは言えないな、俺達3人を相手にして勝算はあるのか？」

ルーティはいつもの剣を持ってきていないが、携帯性に優れる護身用の小剣を抜いて構えた。

俺も剣を抜く。

「まぁ待て、私の目的は神・降魔の聖剣（セイクリッド・アベンジャー）だ」

「聖剣か」

「ああ、遺跡になかった。お前が持ち出し隠したんだろう？　ギデオン」

「遺跡を調べたのか」

「驚いたぞ、一体あそこで何があったのかじっくり話を聞かせて欲しいくらいだ」

「言うつもりはないし、聖剣を渡すつもりもない」

「遺跡を探索したのなら分かっているはずだ、あれは我々アスラのために作られた聖剣だ」

シサンダンはそう言って、両手を広げた。

確かに、初代勇者はアスラだった。

「いいや違う」

だが、俺ははっきりと言い返せる。

「あれは初代勇者のために作られた聖剣だ、お前達のための物じゃない」

「そうか……」

シサンダンも剣を抜いた。

「この状況、勝てるつもりか？」

「アスラの勇者として挑むつもりだ」

シサンダンは迷いなくそう言い放ち、獰猛に笑った。

その堂々とした構えを見て……俺は……。

「……リット、ルーティ」

「レッド、どう攻める？」

「いや……まず俺一人でやらせてくれ」

「ええっ⁉」

リットもルーティも驚いた表情で俺を見ている。

「どうしてわざわざ1対1で？」

「何となくさ……俺が負けそうになったら助けに入って欲しい」

「……お兄ちゃんのやりたいことが分からない」

ルーティの表情が途方に暮れている。

自分でも、俺らしくない行動だと思っているさ。

「たまには、自分の感情のままに剣を振るうのもいいかなと思ったんだ」

そして、俺は1人でシサンダンと対峙した。

「意外だな、お前はそういうタイプではないと思っていたぞ」

「そうだな……迷いなく死地に飛び込むお前を見て、気が変わったんだ」

俺は息をゆっくり吸い込む。

気楽なものだ。

俺が死にかけても、リットとルーティが助けてくれる。

俺の剣が届いて死んだとしても、シサンダンは転生する。

命の取り合いなのに、勝っても負けてもどちらも終わらない。

「……ッ！」

俺から仕掛ける。

まっすぐ走りながらの打ち込み。

「フン！」

たやすく防がれた。

シサンダンの反撃を返す刃で受け流し、俺は防御の隙間へと剣を差し込む……遠い。

銅の剣の短さと、シサンダンとの体格差で剣は届かなかった。

「ぐっっ!!」

俺の右肩をシサンダンの剣が貫いていた。

追撃を引き戻した剣で防御するが、負傷で力が入らず俺の体は弾き飛ばされ地面を転がった。

「レッド!!」

「なんだその剣は」

「クソッ……はぁはぁ……」

俺は腰のポーチからエクストラキュアポーションを取り出し飲む。

高価なマジックポーションが俺の傷を塞いだ。

「もうやめておけ、今のお前では相手にならん」

シサンダンの声には呆れが含まれていた。

だろうな、今更俺がここまで迷うとは思わなかった。

傷は塞がったが、痛みがまだ残っている……刃が差し込まれる時の焼けるような痛みを思い出す。

迷った結果、死にかけた。

「……目が覚めたよ」

「ほぉ?」

「場所を変えようシサンダン、聖剣を隠してあるところに案内する」

「お兄ちゃん⁉」

ルーティの戸惑いも当然だろう。

だが、俺の迷いは晴れた。

「……どういうつもりだ？」

「聖剣を渡すつもりはない、ただ全力を出したくなった」

「お前らしくないが……ある瞬間に大きく変化する、人間とはそういうものだったな」

俺は迷いなく歩き出す。

後ろからリットとルーティ、シサンダンがついてきている。

向かったのはゾルタンを一望できる小高い丘の上。

そこに置かれていた岩をどかして、箱を取り出す。

「……まさかそんな不用心なところに隠していたとは」

あのシサンダンが絶句している。

それがなんだか楽しくて、俺は笑った。

「何千年もずっと遺跡の地下で代わり映えのない光景を見せられてきたんだ。ここからなら時代とともにゆっくりと変わっていくゾルタンが見えるだろ？」

「何を……言っている？」

俺は聖剣を手に取る。

「貴様に神・降魔の聖剣（セイクリッド・アベンジャー）は使えん。それは勇者のための剣だ」

「それはどうかな？」

ポーチから取り出した加護のレベルを下げるワイルドエルフの秘薬を一気に飲んだ。

相変わらずひどい味だな。

「ふう……」

『導き手』の加護の感覚が消え、聖剣から力が流れ込んでくる。

「馬鹿な、馬鹿な!!」

「迷うからこそ辿り着ける境地もある」

シサンダンが狼狽（うろた）えている。

それに対して、俺の心は澄み渡っていた。

今、俺の剣は生涯最高の高みに達した。

「答えは変わらない、俺はこのゾルタンで幸せな日常（スローライフ）を送る。それが俺が戦い、生きる目的なんだ」

「何を言っているのか理解はできんが……その力は真の勇者の力……アスラでないお前がなぜ？」

「初代勇者の言葉を借りるなら、自分以外の誰かを心の底から救おうと思ったのなら、それで資格は十分だ」

「……くっ、うおおおお!!」

シサンダンが咆哮し、剣を振り上げ俺に向かって突進してきた。

俺は中段、もっとも基本的な構えで応じる。

騎士団で剣術を習った時に最初に身につける構えだ。

シサンダンの一撃を左へ受け流し、二撃目として振り下ろされた二刀を受け止めすくい上げる……すくい上げた自らの剣が三撃目を封じた。

防御の空いた体の、左肩から脇腹へと剣を振り抜いた。

お互いにどの技を出すのか事前に伝え合う演武のような、真っ直ぐな剣の戦いだった。

「完敗だ……」

シサンダンは愕然とした表情で膝をつく。

力の抜けた指から6本の剣がこぼれ落ちた。

「レッド!!」

「お兄ちゃん!!」

リットとルーティが駆け寄ってきた。

俺は聖剣を鞘に納めると、2人を抱きしめた。

「え、ええ？」

「お、お兄ちゃん？」

「迷いが晴れたよ、心配かけたな」

それからシサンダンへと向き直る。

「俺の勝ちだな」

「ああ、文句のつけようもない。人間とは……本当に面白いものだ」

「そうして人間を認めながら、認めた人間を躊躇なく殺すお前達の価値観が俺は許せないんだ。そうでなければ聖剣を渡しても良かった……もっとも、それならあの戦争自体が起きなかったんだろうがな」

「そう……だな」

「初代勇者はそうではなかったよ、俺達に幸せに生きろと言ってくれた。だから聖剣は渡せない。お前達は勇者に相応しくない」

「……ふっ、何も言い返せんなぁ。心の底から敗北したと感じたのは何百年ぶりか……これも得難い経験だ」

シサンダンは傷を押さえながら、清々しさすら感じるような表情でそう言った。

決着はついた。

「リット、あとは任せるよ」

「え？」

「シサンダンを斬って仇を討ってもいいし、討たなくてもいい」

「レッド、何だかいつもよりすごい」

剣士として、この瞬間に俺は完成した。

明日になれば失われているかもしれない絶妙なバランスの上に、俺は今立っている。

誰にも負ける気がしないという境地、剣士の生涯はここに立つためにあると言ってもいい。

「待て！」

鋭い声と共に、黒い影が飛び込んできた。

稲妻のような速度で、１人の影が俺達とシサンダンの間に割り込む。

「タラクスン！」

人間の姿をしたそいつは、山で会った青年……魔王タラクスンだった。

「こいつが……戦争の元凶！」

「魔王タラクスン……！」

リットとルーティがタラクスンに向けて構えた。

だがタラクスンは剣を抜かずに、俺達を見回す。

「君達が怒るのも無理はない、だがそれでも言わせて欲しい……剣を引いてくれ」

「なぜ？　アスラは死んでも転生するんでしょ」

ルーティが鋭い視線で問う。

「シサンダンは私の従者だからだ、死なせたくない」

「あなた達は仲良くなった人間を簡単に殺すのに、今更そんなことを言うの……！」

リットが睨む。

「その代わり君達が生きている限り、聖剣のことは諦めよう。君達には一切手出しはしない」

「我が主!?」

タラクスンは俺の目をまっすぐ見据えている。

「約束が守られるという保証は？」

「初代勇者の正義にかけて」

これは本気だな……。

「リット、どうする？」

「……ふぅ」

ガシャンと音がした。リットが両手の剣を落とした音だ。

あれはリットにとって加護の衝動を鎮めるための儀式のようなものだ。

「私はロガーヴィアでシサンダンをもう斬った。あなた達がもう二度と私達の前に姿を現さず、人間の世界を侵略しようとしないというのなら……いいわ」

「感謝する、約束は必ず守ろう」

アスラの王でもあるタラクスンは、人間の俺達に深く頭を下げた。

「タラクスン様……申し訳ありません」

「失敗も敗北も学びだとも。１００年ほど時間が空いたのだ、我らの在り方についてゆっくり考えるとしよう」

「はい」

すべて終わった、そう思った時……。

「いいえ、それは悪しき選択です」

優しく慈愛に満ちた声がした。

「ここでまた出てくるのかデミス神。だが俺は、アスラの王冠を広めないと決めたぞ」

眠っていたはずのエレマイトの体を使って、デミス神が再び立っていた。

こう何度も現れると神の神秘性もあったもんじゃないな。

「そうですね、ゆえに私が直接介入するのは望ましくないのです。神による直接的な救済は愛ではない。奇跡という黄金も、ありふれてしまえば真鍮となり錆びてしまう」

「心を読むくらいはできるか、分かっているなら出てこないで欲しいものだ」

「今の貴方なら私の声にも耐えられるでしょう」

「何？」

世界が止まった。

景色が溶けて消えていく。

動いているのは俺と、

「これは驚いた、ここで不倶戴天(ふぐたいてん)の怨敵と出会うとは!!」

目を見開き叫んでいるタラクスン。

そして空に輝く何か……。

『2人とも空を見るな！　守りの姿勢を取れ、くるぞ!!』

聖剣から思念が伝わってきた。

俺はそう叫び、空を見ないで聖剣を頭上に掲げ防御の姿勢を取った。

「タラクスン！　言う通りにしろ！」

【ようこそ、私の世界へ】

凄(すさ)まじい衝撃だった。

聖剣がなければ地面に押しつぶされていただろう。

タラクスンも歯を食いしばって耐えている。

【ここは1秒を無限に引き伸ばした時間の狭間(はざま)、まだ少し私の言葉には情報が多いようですね】

少し楽になった。

このダメージは……声に含まれる情報量が人間の脳を焼き切るほどに多いのだ。

言葉を聞くだけでこれか。

「デミス神、よくも私の前に姿を現してくれたな」

タラクスンの姿が変わる。

三眼と六臂を持ったアスラ王となって、神へと立ち向かった。

神とアスラの決戦……いや、俺を巻き込まないで欲しい。

【いいえ、私とアスラ王との戦いは、あなたのためのものなのです】

「どうして俺が巻き込まれる」

【あなたの魂の輝きは初代勇者に近づきつつあります。あなたが完全に勇者として目覚めればアスラを滅ぼすことも、この世界に現人神として君臨することもできるでしょう】

「なるほど、レッドがどちらにつくかで世界の命運が変わるというのか」

デミス神とタラクスンは勝手に納得していた。

「勝手なことを言うな、戦いたいなら2人でやればいいだろう」

神とアスラに対して、2人という言葉が正しいかは知らない。

「デミス神の作った『勇者』などというまがい物ではなく、初代勇者のような真の勇者として君が目覚めれば、それは世界を変える大事だ。世界中の人々は君の導きを望むだろう」

【愛する子よ、ゆえにあなたは私とアスラが戦う意味を知らなければなりません、そして正しき決断を下すことができると、私は信じています】

俺の意思などお構いなしに2人は話を続けた。

【生命とは輪廻転生を繰り返す永き旅路のこと。世界とは永遠に終わらぬ苦界なのです】

「旅を続ける魂は、その旅で鍛えられ輝きを得る可能性がある。そうした魂は転生の環を脱し、神の世界へと到達する。それが聖典に記された涅槃界ニルヴァーナ。あれに書かれているような物質的な幸福のある世界ではないがな」

【神の幸福は金剛喜。人の世界の言葉で言い表せるものではありません。私には苦界を転生し続ける命が哀れでならないのです。なのに、神々はただ彼らが苦しむのを見守るだけ。衆生を救うとのたまいながら、ただ世界を維持し、勇者が現れるのを待ち続けることが正しいと、私は考えられなかった】

「それでデミス神は加護を作った」

【神の世界に到達した勇者の生涯を加護によって模倣する。そのための配役としての助言者や魔王も加護によって用意する。私の世界はずっと効率的になるはずでした】

「なんという傲慢だろうか。1人を勇者として救うために、それ以外の者達は救われなかった脇役の人生を模倣させる。生まれた時から救われない者ばかりの世界など愚かでしかない」

【いいえ、まだ私の愛が足りないだけ。私の世界が完成すれば、いずれどの神の世界より、多くの魂が救われる世界になるのですよ】

「愚かなりデミス！　さぁレッド、このような傲慢で愚かな神に成り代わり、誰もが救われる可能性のある世界を築こうではないか」

【レッド、愛する我が子よ。どうか私の愛を信じてください。誰も救わない世界より、1人を救うためにある世界の方が善い世界なのです】

長々と説明してくれたな、だったら俺の答えは……。

「どっちも知ったことか！　俺はもうすぐリットと結婚するんだ！」

【「……は？」】

神とアスラ王が困惑している。

だが、俺の迷いはもう晴れたのだ、こいつらの導きなんて必要ない。

「それが俺の幸福だ！　俺の戦う意味で、俺の旅のゴールだ！」

「混乱しているのか？　この世界に住むすべての人の未来がここで決まるのだぞ」

【あなたは勇者の魂に近き者です、もう一度よく考えてください】

「何度言われても俺の答えは変わらない、お前達の戦いなんて知ったことか、だ！」

叫んだことで気迫が充実したせいか、神の重圧が薄れた気がする。

俺は掲げた剣を下げ、胸を張って真っ直ぐ立った。

神が相手でも怯える必要はもうない。

「俺はリットと添い遂げる、妹のルーティの人生が幸せになるよう兄として寄り添う、たくさんの友達ともこのゾルタンで楽しく付き合う、それが俺の幸せだ、俺の生きる目的だ！　文句あるか！」

【それは勇者の行いではありません】

デミス神の声が大きくなった、だが俺の意思を挫けさせるような力はない。

神の声は、こんなはずはないと狼狽えている。

ははは、これは痛快だ。

「お前達の語る世界には俺自身の幸せがないだろう。死んだあとの魂のことばかりで、この世界に生きる一人一人の幸せなんて考えていないじゃないか」

「この力は一体……まさか……」

「人間の未来を決めようとしているお前達が人間の幸せを考えていないのだから、俺はどちらのやり方も否定する！」

〝アスラの王冠〟をどうするべきか、迷った末に俺が出した答え。

リットやルーティを悲しませたくない。

ただそれだけ、それがすべて。

俺の大切な人たちが、病気の人を見る度に後悔し続けるのならば、俺は〝アスラの王冠〟を根絶する。

「俺の人生は俺のものだ！　そして俺以外のすべての命もそうだ！　みんなこの戦いに満ちた世界で、それでも幸せになろうと足掻いている！　世界の未来を決めるのは、そこに生きる者達の意思であるべきだ！」

叫んだ瞬間、俺の中に加護が生まれた。

『ムミョウ』という名の加護。ムミョウとは明かりの無い道という意味。

人から神へ至るのが勇者なら、魔王とは人で在り続けるよう導く存在だ。

【勇者の魂と魔王の力が同時に宿るなんて】

「矛盾する2つの力をどうやって？」

やはりこいつらは人間を何も分かっていない。

「矛盾するのが人間だろう。『勇者』と『魔王』の加護なんてわざわざ用意する必要なんてなかったんだ。どちらも最初から、ここにあったんだ」

俺はデミス神を見上げ、自分の心臓を指し示した。

なぜデミス神のやり方では、真の勇者が生まれなかったか分かった。

『勇者』の加護に、初代勇者の正しさしか残さなかったからだ。

初代勇者もまた、俺達と同じように迷い、悩み、それに打ち勝ったのだ。

その時。

【なぜ！　どうして！　分からない！】

強烈な声が空間に響いた。

「ぐ、ぐおおお⁉⁉⁉」

タラクスンが悲鳴を上げている。

俺も意識を持っていかれそうだ……だが、気絶したらそのまま魂を砕かれかねない！

【私は愛していた！　間違っていた！　違う！　私が傷つけていた！　そんなはずはない！】

神が迷った。

……ああ、そうか。

デミス神も別の世界で勇者と呼ばれた人間だったのだ。

死んで神となって、優しさゆえに1人でも多くの人を救うためにはどうすればいいか考えて考え続けて、いつしか自分がどうして勇者になったのか忘れてしまったのだ。

止めなくては、気付かせなくては……！

「だが、このままでは……」

「レッド、聖剣の力で何とかできないか⁉」

「腕を持ち上げることすらできない……こんな状態じゃ聖剣を振るえない！　そっちだってアスラ王だろ、なんとかできないのか⁉」

「やっている！　だが神が迷うとは、これほど恐ろしいことなのか‼」

神の領域に閉じ込められたまま、この神の慟哭を聞き続ければ俺もタラクスンも押し潰されて消滅してしまう。

どうすればいい……！

「レッド……！」

「お兄ちゃん……！」

遠くで声が聞こえた。

『俺を投げろ！』

神・降魔の聖剣の叫びが俺の頭に響いた。

「タラクスン！　力を貸せ！」

「く、おおおおお!!!」

タラクスンの魔力が、ほんの少しの間だけデミス神の声を押し止める。

俺はその瞬間に最後の力を振り絞り、声の方へ力一杯聖剣を投げた。

聖剣の守りが無くなったことで、俺の体への負担がさらに強まった。

だが、倒れるわけにはいかない。

ここで俺が倒れたら……誰も救われない！

＊　＊　＊

これは、勇者を救う物語。

時間の止まった世界で聖剣を手にしたルーティは、自身に宿る『勇者』の加護のすべてを解放した。

「はああああああ！！！！！！！！！」

喉が破れんばかりに絶叫し、ルーティは最愛の兄を救おうと全身全霊を込めて聖剣を振り下ろす。

聖剣に宿っていた初代勇者の意思と、『勇者』の加護に封じられた初代勇者の魂が揃った。

神の作りし聖剣と、初代勇者の意思と魂、そして魔王の力を持つ勇者ルーティの力。

すべてを束ねた一撃が、デミス神の領域を斬り裂いた。

力を使い果たした聖剣が、砕け散っていく。

【あ、あ……】

デミス神の存在がこの世界の外へと離れていく。

「もう一度、誰か1人の人生に寄り添ってみるといい。喜びも悲しみも、そして迷いも。

人間をもう一度思い出せば……また、勇者とは何だったのかも思い出せるはずだ」

レッドは遠ざかるデミス神に向けてそう伝えた。

【…………】

返事はなかった。

だがその夜は、加護を宿すすべての生き物がなぜか少しだけ解放されたような心地よさを感じたのだった。

エピローグ
２人のゴール

２ヶ月と16日後。

朝のレッド&リット薬草店、寝室。

「よし」

鏡の前に立った俺は、仕立てたばかりの白いスーツをしっかり着られているかチェックしていた。

「本当に大丈夫か？」

鏡の前を離れようとしたら、なんだか不安になってきた。

ネクタイが曲がっていたような気がする、もう一度確認しておくか……。

「お兄ちゃん」

ノックもせずに扉が開き、ルーティが入ってくると俺の所へ早足で近づいてきた。

そして俺の周囲をくるりと回る。

「うん、完璧だよ」

「あー……迷っているとバレてたのか」

「予想通り、お兄ちゃんはよく迷う」

ルーティはそう言ってにっこりと笑った。

俺のカッコ悪いところもルーティはお見通しだな。

恥ずかしくなり、目をそらして頭をかいた。

「行こう」

「あ、ああ、行かないとな」

ルーティに手を引かれ、俺は寝室を出ようと……。

「あ、ちょっと待ってくれ」

「？」

ベッドシーツに少しシワがある……気がする。

帰ってきた時にリットが気を悪くするかも……。

「お兄ちゃん、そろそろ行かないと時間が足りなくなる」

「はい」

ルーティに怒られてしまった。

俺は浮つく気持ちを抑えながら、ようやく自分の家を後にした。

＊　　＊　　＊

ルーティと並んで、いつも通っているゾルタンの道を歩いている。

冬は通り過ぎ、今日は春らしい日だ。

塀の上で猫が気持ちよさそうに眠っていた。

繋いだ手から温かい体温が伝わってくる。

「明日になっても、こうして一緒に手を繋いで歩いて欲しい」

「もちろんだ、ルーティは俺のかけがえのない妹だから」

「うん、私もお兄ちゃんは一番大切な人」

ルーティはそう言って、少し頬を赤くして笑った。

俺達は下町を歩いていく。

あの日、神・降魔の聖剣と共に、ルーティの『勇者』は失われた。

初代勇者は長い長い戦いから、ようやく解放されたのだ。

それでも、ルーティは『シン』という魔王の力を持っている。

〝癒しの手〟のような勇者のスキルは使えないが、戦いでは前より強いくらいだ。

今もゾルタン最強の冒険者としてティセと一緒に活動している。

もちろん、薬草農園も順調だ。

ルーティには商人ギルドと冒険者ギルドから幹部候補職員になるよう話が来ているようだ。

ルーティはまだ早いと乗り気ではないが、リットほど拒絶はしていない。

いずれは地位のある立場から、ルーティはこのゾルタンのためにできることをする気がする。

ルーティは、自分の住んでいる世界を愛せるようになったのだ。

*　　*　　*

教会に辿（たど）り着くと、もうすでにゾルタンの友人が集まっていた。

「主役の登場だな!!」

ゴンズが口笛を吹いた。

タンタやモグリムが、わーわーと声を上げてお祝いしている。

「ずいぶん早いな!?　まだ式には時間があるぞ!!」

「こんな目出度（めでた）い日だぞ、待ち遠しくって家になんて居られねぇよ！」

「兄ちゃん、お酒は食事会が始まってからだからね！」

ナオが腕を組んで警告した。

「わ、分かってるって！　なぁストサン！」

「お、おう！」

ゴンズとストサンはそう言いながら、あたふたしている。

その時、向こうから錬金術師の眼鏡をかけた男と太った男が、ワイン瓶の入った袋を抱えて歩いてきた。

「よー、ゴンズ、ストサン、ミド、頼まれていたワイン買ってきたぞ！　狙い通りレッド達の式で使うって言ったらタダでくれたぜ！」

「バ、バカ！　今はまずいって！」

「ちょっと僕は反対してただろー！」

ゴンズとミドが慌てていた。

やっぱり飲んで騒ぐつもりだったんだな。

「レッドとリットの大切な日だってのにあんた達は！」

ナオに怒られゴンズとミドはしょんぼりしていた。

やってきたのはズーグ族との交易を行っている『錬金術師』ゴドウィンと葉牡丹の従者である『アックスデーモン』フランク。

あいつらいつの間にか仲良くなっていたのか。

元ビッグホークの手下だった2人が、こんな形で並んでニヤニヤ笑っているのは不思議な気持ちがする。

「ようレッドの旦那！　旦那の人気もすごいもんだな」

ゴドウィンとフランクは上機嫌だ。

フランクはワイン瓶の他に、色々詰まった袋の中を見せて笑った。

「町中が旦那の結婚をお祝いしているような雰囲気ですよ」

フランクの言葉にゴドウィンも頷く。

「へへ、おかげで旦那の友達って言えば俺達の信用も上がって商売がやりやすいぜ」

「俺なんてちょっと前までは隠れて暮らしていたんですよ。それが今じゃ〝フランクさん、ちょっと寄ってきなよ〟なんて客引きされるんですぜ？」

フランクは大きなお腹を嬉しそうに揺すっていた。

「でも悪いことしたら私が退治するから」

「わ、分かってますってルーティさん」

「あなた様がいる町で悪事を働こうなんて馬鹿な真似はしませんよ」

ルーティに釘を刺され、2人は慌てて揉み手で機嫌を取っていた。

ビッグホークとの戦いも懐かしいな。

「レッドさん!!」

元気の良い声。

「アル！　来てくれたのか!!」

「はい！　レッドさんとリットさんの大切な日ですから、僕にもお祝いさせてください！」

ビッグホーク事件の主役も来てくれた。

冒険者『ウェポンマスター』アル。

サウスマーシュ区に住んでいた気弱なハーフエルフの少年が、今では近隣諸国に名を知られている新星冒険者だ。

「Bランク昇格の話が出ているんです」

「もうBランクか、すごいな！」

「レッドさんとルーティさんが、僕に剣を教えてくれたからここまで強くなれました。だから、お礼がしたくって……結婚のお祝いも色々持ってきたんですよ！」

「楽しみにしてるよ」

「はい！」

アルの言葉の力強さは、もう子供じゃない。

そして、たくましくなったと言えばもう1人。

「アルー!!」

「タンタ!!」

ゴンズ達のところから飛び出すように、タンタが駆け寄ってきた。

「久しぶりじゃん!!」

「うん、久しぶりだね!!」

「俺も加護に触れられたんだよ！」

「本当!?」

大工として仕事を始めたタンタの顔は、いつの間にか精悍なものに成長していた。

体つきも筋肉がついてがっしりとしてきた。

『枢機卿』の加護の衝動も上手くコントロールできているようで、すでに一人前の職人に交じっても遜色のない仕事をしている。

かつての親友同士は、今は離れ離れで全く別の人生を送っている。

だが、会えばこうして屈託なく笑い合える。

今も親友に変わりはないのだろう。

俺は2人を微笑ましく思いながら、そっとその場を離れた。

「レッド君」

「ニューマン先生！」

医者のニューマンも来てくれたようだ。

「早く来すぎたかと思ったんだけど、もうみんな来ていたみたいだね。普段の仕事もこれくらい頑張ってくれるといいのだけど」

「ははは、それはゾルタンじゃ無理だよ」

「そうだろうねぇ」

ゾルタンを悩ませていた流行り病〝アスラの王冠〟は無事根絶された。

タラクスンとシサンダンは、しっかりと病気の原因となる花を駆除し、手持ちの特効薬を惜しみなく提供した。

その後、２人はゾルタンを離れたようだ。

迷惑なことに勇者の遺産を俺の家にすべて置いていった。

ヤツらなりに再出発するために筋を通したということなのだろうが、辺境の薬屋で満足している俺に渡されても困る。

……いつか未来の勇者が俺の店に伝説の武具を求めてやって来るんだろうか？

今のうちにそれっぽい台詞を考えておくか。

「お兄ちゃん、そろそろ行かないと」

「おっと、そうだな。それじゃあみんな、今日は来てくれてありがとう、また後で」

＊　　　＊　　　＊

下町の小さな教会。

いつもは素朴で穏やかな場所だが、今日は沢山のお祝いの花が飾られとても華々しい。

だが今はその華やかな礼拝堂には入らず、手前の廊下を右に行ったところにある部屋へと入った。

「レッド！　やっと来たのね！」

「お待ちしていましたよ」

「思ったより遅かったな」

「レッドさん、すごく素敵です！」

部屋にはヤランドララ、ティセとうげうげさん、虎姫、葉牡丹の４人が立っていた。そして……。

「リット……」

白いドレスに身を包んだリットが、入口から入ってきた俺に背を向ける形で椅子に座っていた。

名前を呼ばれたリットは、ゆっくりと立ち上がり振り返った。

オフラーが仕立てた純白のウエディングドレスはとても素敵だが……それはすべてリットを引き立てるための装飾だ。

一番綺麗なのはリット。その空を映したような色の瞳と、流れるようなブロンドの髪、意思の強さが表れている口、鍛えられてスタイルの良い体、柔らかくしなやかな足。

とても綺麗だ。

「どうしよう」

リットが慌てた様子で口を押さえながら言った。

「どうした？」

「レッドが格好良すぎて口が緩んじゃうのに、隠すためのバンダナがないの」

リットが顔を赤くしているのを見て、俺まで照れてしまった。

「さっ、準備は終わったのだから私達は会場の方へ行きましょう」

「そうだな、あとはレッドとリットの2人で段取りを確認してくれ」

「行きましょう、ルーティ様」

虎姫とティセが笑いながら葉牡丹とルーティの背中を押した。

「拙者はまだリットさんと話がしたいのですが……まぁいいです、あとでたくさん話しましょうね！」

葉牡丹は相変わらずのマイペースで手を振っている。

「お兄ちゃん」

ルーティは俺の顔をじっと見つめた。

「ルーティ……」

「お兄ちゃん、リット……結婚、おめでとう!!!」

花が咲いたような美しい満面の笑みで、ルーティは俺達の結婚を祝福してくれた。

「ありがとう、ルーティ……嬉しいよ。心から」

ルーティが部屋を出ていった後……。

「はい」

リットが優しい顔でハンカチを差し出してくれた。

「ありがとう」

俺は受け取ると……ハンカチで両目を覆い少しだけ嬉し泣きをした。

＊　＊　＊

2人だけとなった部屋で、俺とリットは何も喋れず黙って座っていた。

あとはタリン司祭が呼びに来たら、リハーサル通りに式を進めるだけだ。

決まり事が数え切れないほどある貴族の結婚式とは違って、タリン司祭の祝福の言葉を聞いて、アクセサリー……俺達の場合は指輪を交換し、誓いのキスを交わして終わり。

あとはパーティー会場である近くの広場に移動して、バイキング形式の食事を楽しめば良い。

「ついにこの日が来たね」

「胸が一杯だ」

俺達は、どちらから言い出すわけでもなく、出会ってから今日までのことをぽつりぽつりと語り合った。

ロガーヴィアでの戦いと別れ。

勇者のパーティーからの追放。

ゾルタンでの再会。

2人でお店を始めた。

ビッグホーク事件に巻き込まれた。

ルーティを救うための戦い。

婚約指輪を作るために〝世界の果ての壁〟を旅した。

ゾルタンを守るためにヴェロニア王国のレオノール王妃と戦った。

勇者ヴァンが引き起こした騒動。

古代遺跡で世界の秘密を見た。

タンタの成長を見守った。

魔王の娘と奇妙な友情を育んだ。

一緒に収穫祭でお店を出した……。

「たくさん、本当にたくさんの思い出があるね」

「ああ、たくさんの思い出だ」

「……レッド、好きだよ」

「俺も好きだよ、リット」

長い旅だった。

遠回りもした。

でも、ゴールはずっと前から決まっていたから。幸せになると分かっていたから。

楽しい旅だった。

＊　　＊　　＊

礼拝堂には椅子を追加で置いてもらったが、それでも満席だ。

招待状を送った人は、みんな来てくれた。

これだけの人が俺とリットの幸せを願ってくれる。

なんだか、それが奇跡のように俺には思えた。

やはり少し感傷的になっているな、俺は。

「それでは指輪の交換を」

『冬の悪魔』の伝説にちなむ婚約指輪と違って、アクセサリー交換の風習があるかは土地による。

開拓民によって建国されたゾルタンでは、本人達の希望でアクセサリー交換をするか決められる。俺達はすることにした。

だって、せっかく幸せなイベントがあるのにしないのはもったいないじゃないか。

「ふふ、似合うかな」

リットは銀の指輪を見せながら言った。

婚約指輪と違って、普段から使えるようなシンプルなデザインにした。

「もちろん似合うよ」

「ありがとう、レッドも似合うよ」

俺には指輪を着けるという習慣がなかったので、ちょっと不安だが……リットがそう言ってくれるのだから自信を持とう。

「ありがとう」

俺は笑ってお礼を言った。

そのまま自然と手がリットの肩へと伸びた。

「レッド……」

リットの空色の瞳が揺れている。

「えー、では祈りの言葉を手短に」

タリン司祭が気を利かせて、誓いの口づけの前の祈りを省略してくれた。

礼拝堂に笑みがあふれる。

俺とリットは顔を赤くしながら……。

「愛しているよ」

リットの柔らかい唇が触れ、俺達は愛を誓いあったのだった。

＊　＊　＊

礼拝堂での式は無事終わり、俺達は教会の外へ出た。

空は雲一つ無い青空。

春の風が気持ちいい。

「それじゃあ新婦によるブーケ投げを行います。結婚願望のある方はどうぞ前へ！」

リットの投げるブーケを受け取ったら、次はその人が結婚できる。

そんなジンクスがあるらしい。

「いくわよー」

リットは面白がって何度かフェイントを交えながら、空高くブーケを放り投げた。

「おお？　俺達の方へ落ちてくるぜ」

「はは、俺にも春が来たってことッスかね」

落下地点にいたのは、なんとゴドウィンとフランク。

それが不運だった。

「あれ、風が強くなってきたわね」

ヤランドララが訝しげな表情でつぶやいた。

次の瞬間。

「「うわあああ!!!」」

ゴドウィンとフランクが吹き飛んだ。

黒い嵐が空から降ってきたのだ。

「な、なんだ!?」

全員が驚き固まっている中、黒い雲の中からブーケを両手で抱えた妖精が飛び出した。

「リットー！　結婚おめでとー！」

「ラベンダ!?」

現れたのは災害の妖精ラベンダ。

「もう！　結婚式挙げるのなら教えてよ！」

「だって大陸の反対側にいるのに連絡の取りようがなかったから……でも来てくれたのね、

嬉しいわ！」

「もちろん、恋のゴールにして新しいスタート！　私もいつかヴァンと……」

ラベンダは自分でそう言ってから、キャーキャーと騒いでいる。

「皆さん、大丈夫ですか？」

「嵐の船よりキツイな、足がフラフラするよ」

この声はまさか……。

ラベンダが身に纏っていた黒い雲が消えていくと、そこには……。

「ヴァン！　エスタ！　アルベール！　リュブ枢機卿！　サリウス王にリリンララまで!!」

勇者ヴァンのパーティーと、ヴェロニア王国の２人！

「ラベンダが連れてきてくれたのか！」

「当然でしょ、結婚ってのはとーっても素敵なものなの！　だから友達みんなからお祝いされるべきなの！」

そのために大陸を横断してきたのか……思わず胸が熱くなった。

「ダナンは捕まらなかったがな、一体どこへ行ったのやら」

「戦争が終わったらすぐにいなくなってしまって……報酬もお渡しできていないのに」

エスタとアルベールが残念そうに言った。

「そうか……でも、ダナンからはお祝いをもらっているから大丈夫さ」

「お祝い？　あのダナンが？」

エスタとリュブは驚いた様子だ。

ダナンがゾルタンを離れる時、ダナンの故郷では子供の魔除けとして鈴を贈る習慣があると言って、俺達に手作りの鈴をくれた。

懐かしいな、いつかまた会えるといいけど。

「久しぶりだね、結婚おめでとう」

「サリウス王、身に余る光栄です、ありがとうございます」

「王である前に君は戦友であり恩人だ、そうかしこまらないでくれ」

サリウス王子も今やヴェロニア王国の王となり、人類連合軍の一角を担い人類の勝利に貢献した英雄王だ。

本当ならヴェロニア王と呼んだ方がいいのだろうけど、本人が堅苦しいのは嫌だと言っているので、サリウス王と呼ばせてもらっている。

「他ならぬ君とリットの結婚式だ、我が王国の秘宝の1つでも結婚祝いに用意したかったのだけど、急だったものでね」

「どれくらい急だったかというと、夜眠っていたらいきなり連れてこられたほどだ」

眼帯をつけたハイエルフのリリンララは、やれやれと首を横に振った。

「アイテムボックスに予備の服を入れておいて良かったよ、でなければ肌着のまま結婚式に参加するところだった」

そう言ってからサリウス王とリリンララは笑った。

普通の人にはついていけないスケールの話だ。

突然の嵐に驚いて距離を取っていたゾルタンの人々も、現れたのがゾルタンに来たことのある英雄達だと分かって、喜びの表情で駆け寄ってきた。

「レッド！」

ラベンダが俺をにらみながら、俺の名前を呼んだ。

「私とヴァンが結婚する時は、あんたも絶対来なさいよね！」

「ああ、世界のどこへだって駆けつけてやるよ」

「言ったわね、約束よ！」

ラベンダはそう言って笑った。

突然の来訪者に、周りは楽しく騒がしい音で満ちている。

「嬉しいね」

俺の隣に来たリットがそう言った。

ああ、とても嬉しい光景だ。

俺とリットの幸せを喜んでくれる人がこんなにも大勢いるんだ。

こんなに素敵なゴールは他にない。

「リット」

「何？」

「幸せになろうな」

「うん」

俺の言葉を噛みしめるように、リットは頬を赤くして頷いた。

「それでさ」

俺は明るい声で言った。

「新婚旅行、どこに行こうか」

「え、ええ、そんな急に言われても分かんないよ！」

たしかに結婚式の最中に決めることではないか。

「それならおすすめの場所が！」

俺とリットの会話を聞きつけた人達が、我先にと面白い旅行先について話し始めた。

楽しく、騒々しく。

さっきから笑い声の絶えないこの場で、俺とリットも一緒になって笑ったのだった。

あとがき

次回、最終巻！


いきなり大声で失礼しました。

本編を最後まで読んで下さった方なら分かると思いますが、「よーし、もう全部解決したな、めでたしめでたし」で終わってしまいそうな14巻だったと思います。

ですが、もう1冊だけ続く予定です！

過酷なライトノベル業界で、最後まで物語を書き切れるのは、読者の皆さんがこの物語を楽しんで下さったから……本当にありがとうございました。

あと1冊、結婚したレッドとリットの旅の物語。

最終巻である15巻まで、どうかお付き合い下さい。


この本が皆さんの下へ届いている頃には、アニメ2期も終わってしまっていますね。早いものです。2期も原作の面白さをパワーアップさせてアニメという表現に落とし込んだような、すごく良いアニメに仕上がったと思います。制作して下さったスタッフの皆様、本当にありがとうございました。

私と同じように、皆さんにとってもアニメを見ている時間が楽しいものとなっていましたら嬉しいです。

最後にお知らせも少々。
池野雅博先生によるコミック13巻が発売中です。
また、東大路ムツキ先生によるリット主役のスピンオフ『真の仲間になれなかったお姫様は、辺境でスローライフすることにしました』の最終巻である3巻も発売されましたので、こちらもぜひよろしくお願いします！

本を作ることは私１人の力では足りず、今回も多くのご助力を頂き１冊の本が完成しました。作者として、また読者の１人としてお礼を伝えさせてください。
ありがとうございました。

それでは、最終巻をお楽しみに！

２０２４年　感傷に浸りながら　ざっぽん

やすもです！幸せな絵が多く描いていて楽しかったです。

真の仲間じゃないと勇者のパーティーを追い出されたので、辺境でスローライフすることにしました14

著　ざっぽん

角川スニーカー文庫　24127

2024年５月１日　初版発行

発行者　山下直久

発　行　株式会社KADOKAWA
〒102-8177 東京都千代田区富士見2-13-3
電話　0570-002-301（ナビダイヤル）

印刷所　株式会社暁印刷
製本所　本間製本株式会社

Printed in Japan　ISBN 978-4-04-114916-4　C0193

★ご意見、ご感想をお送りください★
〒102-8177 東京都千代田区富士見 2-13-3
株式会社KADOKAWA　角川スニーカー文庫編集部気付
「ざっぽん」先生「やすも」先生

角川文庫発刊に際して

角　川　源　義

第二次世界大戦の敗北は、軍事力の敗北であった以上に、私たちの若い文化力の敗退であった。私たちの文化が戦争に対して如何に無力であり、単なるあだ花に過ぎなかったかを、私たちは身を以て体験し痛感した。西洋近代文化の摂取にとって、明治以後八十年の歳月は決して短かすぎたとは言えない。にもかかわらず、近代文化の伝統を確立し、自由な批判と柔軟な良識に富む文化層として自らを形成することに私たちは失敗して来た。そしてこれは、各層への文化の普及滲透を任務とする出版人の責任でもあった。

一九四五年以来、私たちは再び振出しに戻り、第一歩から踏み出すことを余儀なくされた。これは大きな不幸ではあるが、反面、これまでの混沌・未熟・歪曲の中にあった我が国の文化に秩序と確たる基礎を齎らすためには絶好の機会でもある。角川書店は、このような祖国の文化的危機にあたり、微力をも顧みず再建の礎石たるべき抱負と決意とをもって出発したが、ここに創立以来の念願を果すべく角川文庫を発刊する。これまで刊行されたあらゆる全集叢書文庫類の長所と短所とを検討し、古今東西の不朽の典籍を、良心的編集のもとに、廉価に、そして書架にふさわしい美本として、多くのひとびとに提供しようとする。しかし私たちは徒らに百科全書的な知識のジレッタントを作ることを目的とせず、あくまで祖国の文化に秩序と再建への道を示し、この文庫を角川書店の栄ある事業として、今後永久に継続発展せしめ、学芸と教養との殿堂として大成せんことを期したい。多くの読書子の愛情ある忠言と支持とによって、この希望と抱負とを完遂せしめられんことを願う。

一九四九年五月三日

すめらぎひよこ
ep.1
illustration
Mika Pikazo
background painting
mocha
魔王城、燃やしてみた
我が焔炎にひれ伏せ世界
12年ぶり「大賞」受賞作!
最強爆焔娘の異世界コメディ!
（あわよくば何か燃やしたい……）という欲求を抱いていたホムラは異世界へと招かれる――。燃やすことこそ大正義! 焼却処分はエクスタシー!! 圧倒的火力で世界を制圧していく残念美少女ホムラの行く末は!?
第27回
スニーカー大賞
大賞
スニーカー文庫
The Devil's Castle, Burning
By my flame the world bows down
スニーカー文庫

みょん　Illust.ぎうにう

男嫌いな美人姉妹を
名前も告げずに助けたら
一体どうなる？

1巻
発売後
即重版!

早く私たちに
溺れればいいのに

——濃密すぎる純情ラブコメ開幕。

学年一の美人姉妹を正体を隠して助けただけなのに「あなたに隷属したい」「君の遺伝子頂戴?」……どうしてこうなったんだ？　でも"男嫌い"なはずの姉妹が俺だけに向ける愛は身を委ねたくなるほどに甘く——!?

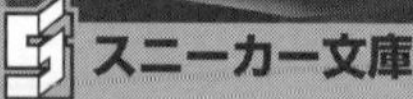

黒雪ゆきは
Kuroyuki Yukiha
画｜魚デニム
ill.Uodenim
極めて傲慢たる悪役貴族の所業
Extremely Arrogant Villainous Noble
カクヨム
《異世界ファンタジー部門》
年間ランキング
第1位
悪役転生×最強無双——
その【圧倒的才能】で、
破滅エンドを回避せよ！
俺はファンタジー小説の悪役貴族・ルークに転生したらしい。怪物的才能に溺れ破滅する、やられ役の“運命”を避けるため——俺は努力をした。しかしたったそれだけの改変が、どこまでも物語を狂わせていく!!

リットが主役の
『真の仲間』公式スピンオフコミック！
これは、リットがレッドに
再会する以前の物語。
全3巻大好評発売中
『真の仲間』シリーズ
累計300万部突破！
（※電子版含む）
ざっぽん
書きおろし
短編小説も
収録!!